꽃댕강나무

이구락 시집

문학세계사

길 위에서 내가 만난 풍경風景들,
다시 내 마음의 서쪽 모서리에 풍경風磬으로 매달려
남몰래 오래 흔들렸다.

맨발로 걷는 비 갠 모래흙 길 위의 사금파리처럼
내 삶의 윤기로 반짝이면
어쩔 수 없이 나는 풍경諷經하는 구도자가 될 수밖에 없었다.

너무 오랜 세월 묵혀 둔 것들이 많아
결국 결이 고르지 못한 노래가 되어 버렸다.
이제 부끄러움이 많이 풍화되어, 세상으로 흘려 보낸다.

2017년 늦가을
이구락

□ 차례

1 신나무의 추억

시 _____ 10

절벽 _____ 11

세설원 _____ 12

박경리 토지문화관 _____ 13

북창 아래 앉아 _____ 14

그렁그렁 울다 _____ 16

풍경하다 _____ 18

꽃댕강나무 _____ 20

안 보인다 _____ 21

호피석이 있는 창가 1 _____ 22

호피석이 있는 창가 2 _____ 23

침묵 _____ 24

유월비 _____ 26

신나무의 추억 _____ 28

2 오래된, 낯선 풍경

도덕암의 서쪽 _____ 32

서쪽에 산이 있었네 _____ 33

허공의 무덤 _____ 34

봄타령 _____ 36

참꽃 _____ 38

고래 뱃속 같은 방 _____ 39

황금빛 모서리—박명薄明의 시 1_____ 42

약수터에서—박명薄明의 시 2 _____ 43

오랜 일몰 속을 날다—박명薄明의 시 3 _____ 45

순천만에서—박명薄明의 시 4 _____ 47

노천탕에서—박명薄明의 시 5 _____ 49

오래된, 낯선 풍경—박명薄明의 시 6 _____ 50

무너져 내리다 다시 꽃피네—박명薄明의 시 7 _____ 52

종소리—박명薄明의 시 8 _____ 53

3 아, 나는 반야월에 산다

가을 금호강 _____ 56

아, 나는 반야월에 산다 _____ 58

목단꽃처럼, _____ 60

보민치과 _____ 62

여치와 함께 출근하다 _____ 64

가장 잔인한 건 기억이다 _____ 66

방천시장─방천연가 1 _____ 69

김광석길에서─방천연가 2 _____ 70

갈매기골목─방천연가 3 _____ 73

선술집 바라지의 젊은 사장은─방천연가 4 _____ 74

나물 향기─방천연가 5 _____ 75

전화가 간절할수록 고요는 더 깊어진다─방천연가 6 _____ 76

새벽 골목의 장난─방천연가 7 _____ 77

카페 플로체─방천연가 8 _____ 78

수상한 꽃나무─방천연가 9 _____ 80

4 길 위의 시간

길 위의 시간 _____ 84

치악산 상원사에서 _____ 85

대청 일박 _____ 85

소청도 안개 설화 _____ 88

반계리 은행나무 _____ 90

자장매―탐매시探梅詩 1 _____ 92

와룡매―탐매시探梅詩 2 _____ 93

나무 지도를 가진 도시 _____ 94

서풍수마 _____ 95

여차포구 _____ 96

구가 구舊가 아니라 구□라니? _____ 97

눈 감고 바라보다 _____ 98

무월 달빛마을 _____ 100

허전한 빨랫줄 _____ 101

5 숨어 있는 절

봄날의 아다지오 _____ 104

첫눈 _____ 105

개심사 청벚꽃 _____ 106

가을산 _____ 107

숨어 있는 절 _____ 108

매화꽃 멀미 _____ 109

아미산 앵기랑 바위 소나무의 독백 _____ 110

장화가 있는 논둑 _____ 112

연기를 보며 _____ 114

칠보산 가는 길 _____ 116

마지막 수업 _____ 117

| 해설 | 신상조(문학평론가)

풍경을 완독玩讀하다 _____ 119

1
신나무의 추억

시

그 산중 호수에 가 앉아 있으면
어디선가 물소리 들린다
낙차는 크지 않지만 호수로 떨어지는 물이다
바람이 불어도 물오리가 날아올라도
물소리는 어디론가 숨어 버리지만,
한밤중에 깨어 앉아 책을 읽으면
글자 사이에서 물소리 들린다
호수에서 들던 바로 그 물소리다
이런 날 밤 시를 쓰면
물소리가 행간에 차올라
시는 한 줄도 써지지 않고
시마詩魔에 씌어 잠들지도 못한다

절벽

안동 낙동강 가송리 강가 거닐다
맞은편 절벽 위
시린 가을하늘 오래 쳐다본다

저 깊은 하늘이 절벽의 배경이 되듯
먼 물길 더듬어와 스스로 깊어진 정신 하나도
누군가의 삶의 배경이 될 것이다

문득 가까이서 몸 뒤척이는 강물 소리에
물 빠진 모래톱에서, 잔기침 섞인
오롯한 말씀 같은, 야윈 돌 하나 집어 든다

팔 뻗어 눈높이로 바라보니, 멀리
청량산 쪽 산모롱이 겹쳐지고
청려장 짚고 가는 도포 자락 얼비친다

세설원

저녁 숟가락 놓자마자 세설원* 벤치에 나와 앉아

누구는 찻잔 들고, 누구는 담배 물고

산바래기** 위 얼굴 내민 개밥바라기별 바라본다

앞 도랑물 소리 점점 또렷해질 때까지

종일 글 한 줄 쓰지 못한 이는 아무 말이 없다

* 담양 용대리에 있는 문학 레지던시 '글을 낳는 집'의 다른 이름으로, 산야초
발효 효소를 만드는 곳이다. '세설洗舌'이란 효소를 통해 현대인들의 체질을
바로잡고, 말(글)을 통해 영혼을 치유한다는 의미를 담았다.
** 마을 앞산을 일컫는 전라도 방언.

박경리 토지문화관

개다래의 혼인색이 흰 페인트 뒤집어쓴 듯 요란하고
그 아래 보랏빛 산수국 기죽지 않고 모여서서 수군댄다
어린 까치 수염도, 모롱이마다 몰려나와 손 흔드는
개망초꽃 뒤에 숨어
박경리 토지문화관 빨간 지붕 내려다보고 있는
매지리 회촌 마을 양안치 임도,
숲을 이룬 적송 사이로
길은 뱀처럼 길게 누워 몸 말리고 있다

몸 말린 길은 멀리 토지문화관으로 이어지고
그곳에는 창작실이 옥수수 알갱이처럼 가지런히 붙어 있다
방마다 작가들이 서로 다른 장르를 펼치고 앉아
양안치 임도처럼 길게 펼치고 앉아
밤새 구겨 놓은 그들의 말 말리고 있다
날카롭게 벼린 독한 정신도
백운산 흰 구름 위에 던져 올려 풍장시켜 놓고
젊은 매같이 고독하게* 지켜보고 있다

* 박경리 선생의 유고 시집 『버리고 갈 것만 남아서 참 홀가분하다』 속의 시
「산골 창작실의 예술가들」에서 따옴.

북창 아래 앉아

창밖 풍경에 슬그머니 그늘이 스며들었다 10월도 어느새 중순, 오늘도 벌써 저녁답이다 동쪽 산기슭 북창 아래 와 앉아 있으니, 오전의 역광은 낯익은 사물조차 깜짝 놀랄 정도로 아름답게 보여 주더니, 지금은 사광斜光으로 옆얼굴을 날카롭게 드러내고 있다

북창 아래 놓인 내 책상 앞에는 50호쯤 되는 가로가 긴 직사각형 그림이 걸려 있다 그림 속에는 산은 보이지 않고 가파른 비탈만 한 장면 싹뚝 잘려 남아 있다 그림은 언뜻 보면 정물만 있는 것 같지만, 바람도 지나가고 노랑나비 한 쌍도 잠시 머물다 가고, 가지가 보이지 않는 적송 두 그루가 밑동만 나무젓가락처럼 덤불 속에 꽂혀 있다 무엇보다 장독대 뒤 시멘트 옹벽 위에 제멋대로 길게 자란 억새 너머 들국화 무리가 저녁 햇살에 환하다 그 눈부신 흰색에 이끌려 어떨 때는 나도 모르게 그걸 세고 있다 모두 스물일곱 송이, 모여 있기도 좀 떨어져 있기도 하고 어떤 녀석들은 뒤에 숨어 있어 헤아리기도 만만치 않다 저 동리가색東籬佳色* 시들어 보이지 않을 때쯤 내 시집 원고도 끝내기로 작정한다 달력이 아니라 꽃으로 원

고 마감을 설정하고 나니 쫓기던 기분이 한결 좋아지고 느긋
해지기까지 한다

　고개 돌려 옆을 보면 단풍나무 아래 둥굴레 무성하고, 잠자
리 한 마리 옹벽 아래까지 내려온 마삭 줄기에 앉아 눈뜨고
졸면서도 웬만한 바람에는 꼼짝도 하지 않는다 내 시도 저랬
으면 좋겠다

---

* 국화의 다른 이름. 도연명의 「음주5」의 명구 '동쪽 울타리 아래서 국화꽃 따
다가, 우두커니 남산을 바라본다. (採菊東籬下 悠然見南山)'에서 유래함.

그렁그렁 울다

수도암 봉황루 무념지에 앉아
방문 활짝 열고 한나절 넋 놓고 앉아
가파른 54계단 위 대적광전 지붕이 비에 젖어
슬픔의 색깔로 고요히 낡아 가는 걸 본다
지붕 위로 터질 듯 부풀어 오른 여름 숲이
아미타경 독송하며 안개 속에서
하얗게 녹아내리는 것도 본다
사시예불 드리러 돌계단 오르는 이
우산 쓴 뒷모습도 낡고 쓸쓸한 배경으로 걸린다
봉황루 추녀 끝 낙숫물 소리가
부처님 연화보좌처럼 깔리고
관음전 청동기와 파랗게 살아난다
이 영험한 청정도량에 와 앉아
간절한 기도거리도 없이 와 앉아
깊은 적막의 오래된 먼지 냄새만 맡는다
스님들은 하안거에 들어 묵언 수행 중인데
나는 지금 걸려 오는 전화 다 받아 주고
문자 메시지에도 일일이 답을 한다
몸이 아니라 마음이 와 앉아야 하거늘

책읽기와 글쓰기를 위해 찾아든 내 짓거리가
이 여름비에 씻겨 말갛게 낡아지기를,
가파른 돌계단 위 하늘에 걸린
저 대적광전 현판만큼 낡아지기를,
무념지에 편안히 앉아 합장하며 빌어 본다
낙숫물 소리 들으며 풍경이 그러려무나 그러려무나
하고, 그렁그렁 운다

풍경하다

목이 마르듯 눈이 말라
다시 길 나서면
강아지 두 마리 장난치며 앞장선다
새끼는 환한 햇살 아래 어미 뒤를 따라가고
강둑엔 물오른 수양버들이
선 채로 강물에 긴 머리채 감고 있다
이따금 바람이 다가와 천천히 흔들어 말려 주고
봄볕이 다시 한 번 보송보송 말려 주고 있다

다시 먼 길 나서며 주위를 둘러본다
어쩌면 늘 되풀이되는 풍경風景이지만
세상에는 어제와 똑같은 풍경은 다시 없다
풍경이 이마에 풍경風聲을 달고 앞장서면
나는 늘 풍경諷經하는 구도자가 될 수밖에 없다

더 유심히 바라보고 싶은 안욕眼慾이
내 마음에 풍경을 달게 하고,
길 위에서 영원히 잠들기 위해

결국 기차를 타게 한다
기차는 기적 대신 풍경 소리 울리며
천천히 산모롱이 돌아나가며 선잠을 깨운다
인간의 마을 기웃거리며
강을 건너, 광야를 지나
먼 은하계까지 날아오르는
나의 기차는 자주 길 위에서 잠들고
다시 오래 꿈꾸며 풍경할 것이다

꽃댕강나무

열 살 때 울다가 안긴 옆집 누나의 젖가슴

살 냄새,

바람결에 불쑥 풍겨와

무심코 돌아보니

담장가 꽃댕강나무 달빛 아래 하얗게 모여 있다

안 보인다

안 보인다
는 말은
보이지 않는다
는 말이 아니라
안이 보인다
는 말이다, 라고 이태수 시인은 말하고,

내 청춘의 격렬비열도엔 아직도 음악 같은 눈이 내리지,
라고 박정대 시인이 중얼거렸는데,

언어란 얼마나 감질난 유희인지
시는 얼마나 감질난 것을 감질나지 않게 말해야 하는지
말만으로는 말이 잘 안 되지

나팔꽃 줄기처럼
분위기가 잡히면 저절로 뻗어 나가 꽃을 피우는 언어

호피석이 있는 창가 1

떠나온 무주 남대천 고향 쪽 바라보는지
한순간 눈부신 호피꽃이 힘을 잃고
사방이 하얗게 바랜다
물 뿌려 영롱한 몸뚱이 다시 꽃피우고,
그 아래 초당 하나 지어
늘어지게 누우니
눈감아도 눈이 부시다
남대천 칠십 리 푸른 연봉 따라와 눕고
여울목마다 물길 손 흔들며 사라지는 소리
가을 깊숙이 가물거리며 익어 가고 있다

호피석이 있는 창가 2

갓 뭍에 오른 물개처럼
목 길게 빼고 두리번거리는
호피물형석虎皮物形石 한 점,
창가 수반 위에 앉아
해바라기하고 있다
남대천 벗어나 금강으로 흘러들었다면
금산 수통리나 영동 심천쯤에 이르렀다면
얼마나 더 목이 가늘어졌을까
몸뚱이는 또 얼마나 더 영롱해졌을까
너무 똑똑해서 일찍 망가진
한 친구를 떠올리며
조심스레 너에게로 손을 내민다
너의 그늘은 너무 깊고 완강하다
네 몸뚱이 속에 숨어 있는
지축을 흔들던 우레와 비바람이
내 고요를 길들인다

침묵

— 서양화가 김창태의 「침묵」에 대하여

침묵은 캄캄하다
침묵은 검다
침묵은 견고한 흰 감옥이다

오래 삭은 침묵은
아래로 가라앉으며
하얀 침전물로 쌓인다

검은 빛이 점점이 남아 있지만
바닥은 얼핏 보면 희다
까만 눈이 달린 흰 애벌레의 무덤 같다

캄캄한 침묵이
흰 감옥 지그시 누르고 있지만
누름과 솟음의 힘겨루기는 늘 치열하다

침묵이 흰 감옥을 누르는 힘이
늘 삼분의 이쯤 더 크다

살아온 기억이 저토록 더 깊다

침묵은 한없이 되풀이되는
덧칠 속에서 태어나
두 힘의 경계를 치열하게 지운다

여자는 음이요, 음은 흰색이요, 흰색은 서쪽이라더니*
생뚱맞은 상상력의 즐거움,
침묵은 서쪽의 흰 감옥 속에 잠든 미녀다

* 선덕여왕의 지기삼사知幾三事 중 '여근곡 설화'를 차용함. "개구리들이 옥문
지에서 울었는데, 옥문은 여자의 성기이고, 여자는 음陰이니라. 음은 색으로
말하면 흰색이요, 흰색은 서쪽을 말하지 않는가." (『삼국유사』 권1 기이편)

유월비

유월비에서는 살구 냄새가 난다
곱게 내리는 비지만
옥수수 잎에 떨어지는 빗소리는 요란하다
사흘 전 벌초한 옥수수 밭 속 무덤에서는
잘린 풀들이 흘린 푸른 피 냄새가 낭자하다
이윽고 유월비가 숨고르기에 들자
여기저기 숨어 비를 긋던 새들이
합창제를 준비하느라 한꺼번에 발성 연습을 한다
모두 목청껏 떠들어 대지만
토지문화관 붉은 지붕 처마 끝에서 떠드는
참새들이 유독 시끄럽다
아랫동네에서 올라온 까마귀들에게 텃세 부리는
물까치 소리는 회촌 골짜기를 들썩거리게 한다
차림새는 섬세하고 화려한데
새소리에서 물까치 소리는 추방하고 싶을 정도로
크고 짧고 탁해서, 동네 깡패 같다
회촌 마을로 내려온 백운산 자락이
갈미봉 쪽으로 다시 흰 구름 말아 올리는 동안

유월비는 숲에 들어
밤꽃 향기 속에 노란 살구 향을 섞느라
옆에서 쳐다보는 나리꽃이나
내려다보는 함박꽃에는 신경 쓸 겨를이 없다
새소리가 푸른 생명들을 물어 올리며
질탕하게 한바탕 놀고 나자
다시 옥수수 잎을 난타하기 시작하는 빗줄기,
회촌의 유월 합창제는 종일 계속될 것 같다
유월비에서는 여전히 살구 냄새가 난다

신나무의 추억

눈 둘 데 별로 없는 11월 중순 산책길에서
개울가나 산비탈에 아직도 고운 단풍이 남아 있다면
그건 열에 아홉 신나무다

여름 내내 덤덤하게 뒤로 물러서 있던 나무
가을이 와도 수더분하게 새들이나 품어 주며
일찍 단풍드는 나무들 뒤에 서 있던 나무

중국에서는 새싹을 차로 마시며 다조아茶條芽로 부르고
　일본에서는 껍질의 얼룩무늬 즐기며 녹자목풍鹿子木楓이라
부른다는데
　우리는 단풍이 아름다워 색목色木이라 불렀던 나무

신나무는 세 갈래로 갈라진 잎 중에서
유독 가운데 잎이 장난치듯 쏙 내미는 혀처럼 길어서
자꾸 눈길 끌며 붉게 유혹한다

신나무 삶아

잿빛 승복 한 벌 해 입고
길 나서고 싶었던 그 해 가을,

담양 용대리 글을 낳는 집에서
우리는 술자리 마지막 정리하는 친구 같은
신나무 붉은 그늘에 취해 살았다

2

오래된, 낯선 풍경

도덕암의 서쪽

고려의 한 임금 사흘간 머물며 마시고 위장병 고쳤다는 어정수御井水, 이 시리게 들이키고 나니 멀리 가야산 위로 해 넘어가네

다시 보니 넘어가다 말고 천천히 산을 타고 오르는 송림사 범종 소리 위에 가부좌 틀고 앉아, 해, 궁싯궁싯 엉덩이에 힘만 주고 있네

그때마다 뜰의 천년 묵은 모과나무 불콰하게 툭툭 불거진 옹이 위에 범종 소리 붉게 내려앉아 눈부신 적멸의 시간 꽃피우네

숨 막히는 화엄 바다 속 열반에 든 가야산 오래오래 저무네 불타는 도덕암의 서쪽, 세상 밖으로 가물가물 흘러가는 내 마음도 얼핏 보이네

서쪽에 산이 있었네

늘 역광을 받으며
실루엣처럼 우뚝 서있는
한 시대의 정신 같은
산

표정을 읽을 수 없어도
등 뒤의 후광 하나만으로도
늘 눈부셨던
산

만덕산 청운동임도 정상에 서면
구름 위에 솟은 키로만자로를 떠올리게 하는
광주 사람들도 잘 모르는
산

다섯 굽이 긴 숲길 감돌아 올라
경배하고 돌아온 날 밤이면
세상의 무등無等을 꿈꿔도 될 것 같아
늘 잠을 설친다

허공의 무덤

―내 시의 뭉친 근육 풀기 위해 몰운대 소나무를 노래한 적이 있다. 그때는 몰운대 소나무가 살아 있었다. 살아 있는 몰운대 소나무는 이 땅의 서슬 푸른 정신이었다. 아득한 길 끝에 서서 나를 부르던 환한 그리움이었다.

내가 노래하자마자 몰운대 소나무는 죽어 버렸다
가혹하다
(그 푸른 정신을 내 어찌 다 감당하라고?)
죽은 몰운대 소나무 보기 위해
구름 뚫고 와, 구름에 머리 박고 있는 몰운대 오른다
죽은 몰운대 소나무에 기대 앉아
온몸으로 지그시 소나무를 밀어 본다
종아리에 힘이 빠질 때쯤이면 등이 따뜻해진다
떡갈나무 한 그루엔 잎이 십만 장이나 매달린다고 하는데
죽은 몰운대 소나무 속에는 천둥과 벼락 몇십만 장이
우르르 몰려들어 들끓고 있다가
내 등을 데우고 서서히 자신의 죽은 몸도 데운다
언젠가는 온전히 썩어 속까지 텅 비우고 나면

몰운대 소나무는 한순간, 등 뒤에서 나를 껴안고
천 길 벼랑으로 뛰어내려
허공에다 제 무덤을 쓸지 모른다
종아리에 힘이 빠질 때면 아니 등이 따뜻해질 때면
불현듯 솟구치는 생각이다
마침내 몰운대 소나무의 육탈이 완성되는 날
나도 오래 머뭇거리는 구름 속에서, 뭉친 근육도
질긴 힘줄도 놓아 버리고 풍장되리라
그때쯤이면, 왜 죽어서도 몰운대 소나무는
나를 놓아 주지 않았는지 알게 되리라
일생을 지켜온 정신의 중심이 하얗게 가루 되어 날리면
아침마다 온 산의 푸른 솔잎들 빗질하고 싶다
몰운대 솔숲 새소리 들으며
허공의 무덤 속에서 오래 잠들고 싶다

봄타령

다시 봄입니다 삼면이 바다로 둘러싸인 이 땅의 봄은 언제
나 참 달고 찰집니다 제주를 거쳐 뭍에 오른 화신花信, 삼월
초에 이미 남녘 섬진강 기슭에서 매화와 산수유로 한바탕 분
탕 치더니 우리가 한눈파는 사이 어느새 저만큼 뽀얀 뒤꿈치
보이며 북상해 가고 있습니다

이제 곧 사월입니다 워밍업이 끝난 듯, 사월은 개나리와 벚
꽃 앞세우고 본격적인 봄꽃의 퍼레이드 펼치겠지요 그리고
사월이 하염없이 저물 때쯤이면, 들녘의 과수원마다 복숭아
나무 배나무 사과나무가 마지막 꽃불을 지피고, 이에 화답하
듯 연둣빛 신록 속에 진달래 산벚꽃 철쭉 그리고 그 아래 숱
한 봄꽃들이 뒤엉켜 산빛은 중간색의 파스텔화를 눈부시게
펼쳐 보일 것입니다 천지사방 둘러보면 어질어질 현기증이
일고, 눈감으면 꽃향기로 숨이 턱턱 막힙니다 법정 스님이 섬
진강 매화를 보고 느꼈다는 '꽃멀미'가 바로 이런 것이겠지요

시도 때도 없이 밀리는 남해고속국도는 고속도로치곤 그래
도 봄날이 가장 아름답습니다 윗녘 사람들도 어쩌다 봄날에

이 길을 달리게 되면, 주체할 수 없는 화냥기로 얼굴 붉힌 복사꽃에도 윙크를 해야 하고, 봄밤의 월령月靈이 입김으로 빚은 듯한 희디흰 배꽃이나 첫사랑 같은 풋내 풀풀 풍기는 사과꽃에도 손 흔들어 주어야 합니다

그렇군요 늘 바쁘고 번거롭던 봄이 이젠 무척 살갑게 느껴집니다 아마 하던 일 돌이킬 수 없도록 나이 먹은 탓인지도 모르겠습니다 좀 야하다 싶을 정도로 화사하게 차려입고 봄꽃의 저 환장할 화냥기 따라가다 보면, 꽃멀미 하듯 시 한 줄 만날 수도 있겠지요 아니면 순천만 우명마을 염습지의 칠면초나 와온포구 갈대밭에 내리는 저녁 어스름 속에 마음 하나 슬그머니 두고 와도 좋겠지요

참꽃

다복솔 사이
벗어 놓은 지게 위
참꽃 한 다발

흰나비 한 마리
오래 앉았다 가고

그 자리
골짜기 돌아 나오던 뻐꾸기 소리
다시 밟고 지나간다

천년 또 여러 천년
봄마다 한 번도 거르지 않았던 일이기에

이 땅의 참꽃은
순이 볼 붉은 짝사랑 빛으로 피어서
꽃망울 깊숙이 멍 자국 짙어졌다

고래 뱃속 같은 방

1
담양 용대리 글을 낳는 집 사랑채
다섯 집필실 중에서 내 방은 고래 뱃속에 있다
거실에서 십오 센티는 내려디뎌야
일단 방바닥에 안착할 수 있다

왼쪽 황토벽 아래 놓인 침대에서
오른쪽 화장실 문까지는 멀다
침대에 앉아 화장실 문 바라보면, 정말 길다
천천히 일어나 화장실까지 가려면
잘 열지 않는 바깥문 지나, 문 옆에 놓인 낡은 좌탁 지나
넓은 창에 붙여 놓은 컴퓨터 책상을 지나
마지막엔 낡은 옷장까지 지나야 한다
한쪽이 세 배 넘게 긴 방,
화장실에서 나오면 왼쪽 벽에 붙여 놓은
2단짜리 흰색 책꽂이와 앉았던 의자의 등받이를 잘 피해야
무사히 침대까지 돌아갈 수 있다

침대에서 화장실까지, 산악 트래킹 코스인 것 같기도 하고
고래 뱃속을 통과하는 것 같기도 한 방,
천장도 수평이 아니라 바깥쪽이 살짝 낮아서
거북선 안 같기도 하고, 긴 복도 같기도 한 방

2
고래호의 1등 항해사가 되어
컴퓨터 자판 두드리며 배의 방향과 속도를 조절한다
책상 앞 커다란 창문은 조타실 계기판이 되었다가 때로는
선실 벽에 걸린 100호짜리 그림이 된다
그림은 늘 살아 움직이므로 시간이 체크된다
아래쪽 장독대 뒤 실금 간 옹벽에는
마삭줄 내려와 계절을 알리고,
위쪽 우람한 적송 사이 보이지 않는 단풍나무 그림자가
자꾸 옮겨 다니며 시간을 기록하고 있다

오늘의 항해는 남지나해 돌아
대한해협 순찰하고 남해로 돌아오는 일이다

낮에는 한 번씩 갑판에 나가 운동도 하고
수평선 밖에서 흘러드는 구름의 냄새 맡으며
바다 너머 먼 북소리 해독하기도 했다

다시 돌아와 책상 앞에 앉으면
그림 속에는 늘 산이 앉아 있고, 산의 무릎 밑으로
바람이 지나가며 내일의 날씨를 귀띔해 준다
오늘밤에는 시의 마지막 행 고치느라 밤을 샐지 모른다
커피에 시버스리걸 두 방울 떨어뜨려 놓고
밤마다 항해일지를 쓴다

황금빛 모서리

― 박명薄明의 시 1

붉고 큰 해
낙동강 건너, 가야산 너머
지고 있다
일몰이 아름다운 분지의 도시
동쪽 끝 숲 아래
다시 숲을 이룬 고층 아파트 단지
흰 모서리가 서서히 황금빛으로 익어 간다
황금빛 모서리 속으로
조금씩, 머뭇거리며, 저녁 어스름 스며들고
도시의 모든 모서리가 예각으로 뚜렷해진다
한낮엔 잘 보이지 않던
모서리의 힘, 그러나 잠시뿐이다
사랑과 미움의 경계를 눈치채기 어렵듯
낮과 밤의 경계에서
황금빛 모서리는
잠시 그 본 모습을 드러낼 뿐이다

약수터에서
— 박명薄明의 시 2

약수터를 에워싼 산수유나무 빛바랜 꽃송이 몇
연둣빛 새 잎 뒤에 아직도 숨어있고
젖은 돌 틈엔 현호색 보랏빛 첫 꽃이 피어 있다
물통에 물이 차기를 기다리며
바위에 앉아 담배 한 대 피우고
팔베개하고 누워 눈감는다
잡목 숲으로 조금씩 스며들던 어둠
단숨에 눈꺼풀 위로 몰려들고
낮에는 들리지 않던 소리 눈뜬다
둥지로 돌아오는 산새, 덤불 속 들쥐와 산토끼, 그들의
어린 새끼들 이른 잠투정에 숲은 갑자기 소란스럽다
나는 일어나 앉아 낮과 밤의 경계를 응시한다
천천히 흔들리던 굴참나무가 웅크린 몸 부풀려
하늘로 날아오르려 하고
초저녁별 하나둘 돋아나 나무에게 말을 건다
나뭇잎과 별은 어느 쪽이 더 많을까, 그들이
인간의 언어로 소통한다면
밤은 참 시끄럽겠지, 라고 생각하는데

한순간, 숲의 소리를 누가 다 데려갔는지
사위는 쥐 죽은 듯 조용하다
이제 내 눈은 가까운 것은 보지 못하고
먼 데 것만 잘 보이기 시작한다
눈 가늘게 뜨고 하늘 쳐다보면
여저기서 별들이 톡톡 불거져 나온다
온몸 소름 돋도록 참 행복해지려는 순간이지만
그러나 쓸 데 없는 생각들이 꼬리를 물어
문득, 생각 많은 인간이라는 게 슬프다는
생각이 또 꼬리를 문다

오랜 일몰 속을 날다

— 박명薄明의 시 3

서방정토 아미타불 계시는 곳으로
조금씩 다가가는 달처럼
동방항공 MU 5313기, 서쪽으로 날고 있다
대륙의 산천과 그 사이 버섯처럼 드문드문 돋아난
마을들을, 책장 넘기듯 읽어 가는
상해에서 계림 가는 남서쪽 하늘 길,
노을은 오래 꽃피고 일몰은 길게 길게 이어진다
끝나가는 땅 위의 저녁식사 냄새가
이곳까지 풍기는 듯
노을에는 빵 냄새가 배어 있고
일몰은 좀체 끝나지 않는다
낮과 밤의 경계를 날고 있는
서쪽으로 가는 비행은
일몰과의 경주를 벌이는 일이다
수많은 산맥 쓰러뜨리며, 다시
서쪽 마을마다 등불을 켜며
대륙을 가로지르는 비행은
노을 끝에 묻어오는 땅거미를 내려다보며

덧없는 절망을 꽃피우는 일이다
박명薄明 속 생각에 잠긴
인도의 보리수나무가 잠깐 떠올랐다
지워지는 캄캄한 산맥 위로, 드디어
오지 않을 것 같던 밤이 약속처럼 찾아오고,
대륙을 읽던 나의 독서는 끝났다
트랩을 내려서니 겨울답지 않게
바람이 무척 따뜻하다
공항을 벗어나자, 보리수 대신
계수나무가 일제히 손을 흔들고 있었다

순천만에서
— 박명薄明의 시 4

해 넘어간다
개펄에 노을 혼자 남아 놀고 있다
피 흘리며 퍽퍽 흐느끼는 갈대밭 속
때 놓친 노을이 물웅덩이에 갇혀 퍼덕인다
웅덩이 아래 개펄 속에서, 갈대 뿌리
슬그머니 뻗어 나와 서로를 불끈 끌어당기자
툭툭 뿌리의 매듭이 끊어진다
그때마다 아랫배가 아픈 물웅덩이는
어둠 한 모금씩 울컥울컥 게워 낸다
멀리 와온 마을에서도
등불 하나씩 조용히 켜지고 있다
어둠은 푸르고, 등불은 따뜻하다
오래 저물고 있는 어둠 속에서
수많은 생명들이
어제 꾸던 꿈을 다시 꾸기 시작한다
오솔길 따라 발자국 소리 죽이며
깨금발로 걸어 나오던 봄바람,
그만 새로 돋는 별에 이마 부딪혀 휘청거리며

갈대밭 오래 헤맨다
그럴수록 일몰의 시간도 미로에 갇혀
길게 이어진다

노천탕에서
— 박명薄明의 시 5

달개비꽃 빛 모자 벗어 들고
정중하게 손 흔들며 돌아서는 저녁놀 뒤
저녁 어스름이 산발치 돌아
먼 길 걸어온 순례자의 익숙한 걸음으로
뚜벅뚜벅 올라오는 게 보인다
오랜 달빛에 젖어
헤진 옷자락이 당당해 보인다
산정온천 노천탕에 몸 담그고 앉아
아득한 궁륭 오래 내다보니, 낮과 밤 사이
경계의 빨랫줄에서
박새 한 마리 밤 쪽으로 내려앉는다
둥지 속 새 새끼 이른 잠투정 소리에
별 하나 반짝 새로 돋는다
아무도 모르게 하늘은 몸 둥글게 말아
세상의 모든 소리, 비껴, 흘려보낸다

오늘 하루도 우주는 참 부지런했다

오래된, 낯선 풍경

― 박명薄明의 시 6

해는 지고 밤은 아직 오지 않았다

가늘지도 굵지도 않은 빗줄기가
낮과 밤의 경계선을 적신다
선창가 가로등은 서둘러 주황색 나트륨 등을 켠다
따뜻한 불빛 속으로 빗방울이
여름날 하루살이처럼 모여들어 붐빈다

가로등 아래 바닷물 둥글게 떠다 놓고
다시 빗방울들이 깔깔거리며 뛰어내린다
물색없이 누워 있는 방파제 너머
파도는 흰 거품 물고 점점 더 으르렁대지만
선창가 골목길은 너무 낮아 보지 못한다

우산도 없이 마을로 들어서는
한 사내의 등 뒤에서 길은 황급히 지워진다
굽은 돌담 틈 사이 구렁이 한 마리
어둠 속에서 은빛으로 제 몸뚱이 드러내지만

캄캄한 절벽 같은 어둠이 서서히 조여든다

하루 중 가장 짙은 어둠의 밤이 왔다

무너져 내리다 다시 꽃 피네

— 박명薄明의 시 7

압량벌 아득한 지평선 지우며
저녁놀이 절정에서 스스로 무너져 내릴 때
그대 황홀한 마음의 저녁놀
함께 무너져 내렸네

내 마음 감출 언덕 하나 없는 들길에
저녁안개 소문처럼 다시 모여들고
달개비꽃 쓰러뜨리며
저녁어스름 한 발 한 발 다가오고 있었네

그대 눈빛 속으로 스며드는, 속수무책의
저녁 어스름, 이제
금호강 저녁 안개 속으로 걸어 들어가
꽃피는 봄밤을 이루네

가까이서 찔레꽃 향기 뭉클 솟구치고
문득, 강 쪽으로 기우는
내 마음의 저문 봄길
무너져 내리다 다시 꽃 피네

종소리
― 박명薄明의 시 8

먼 데서 종소리 울린다
마음 급해져 맨발로 달려 나가
사라져 가는 종소리 속으로 들어간다
가끔 종소리의 손을 잡고 울 때가 있다*는
시인이 따라 들어온다
종소리의 손을 잡고
오래 종소리의 맑은 눈 들여다본다
종소리 속에는 부처의 맨발도 가물가물 보이지만
저녁 어스름 다가와 소맷자락 흔들며 보챈다
종소리가 흘러가는 서쪽 벌판
마지막 둥근 광배 속에
돌부처 하나 세운다

* 정호승의 시 「종소리」(시집 『나는 희망을 거절한다』)에서 따옴.

3

아, 나는 반야월에 산다

가을 금호강

여름내 노랑어리연꽃 요정처럼 반짝이던

금호강 안심습지 갈대밭 너머

팔공산 검푸른 남쪽 능선이 완강하다

줄지어 날아오른 청둥오리들

강물이 한 번씩 뒤척일 때마다

팔공산 능선에 차례대로 가 꽂힌다

오리들 떠난 빈자리

오석烏石 한 점 주워 드니

제법 능선이 길게 뻗은 원산경遠山景이다

눈높이로 들고 실눈으로 바라보니

멀리 팔공산 능선이 겹쳐 보인다

주봉과 부봉 사이

한 무리 철새들 내려앉아 몸 부빌 만한

역광의 눈부신 갈대밭도 보인다

저녁 햇살이 강물 잘게 접어 흘려보내는 동안

돌 한 점 들고 물가에 서서

마음이 저무는 쪽 오래 지켜본다

문득, 시든 이삭물수세미 지키는 가시덤불 속에서

새 새끼 잠 트집하는 소리 들린다
이윽고 팔공산 한 자락 떼어 들고
어두워진 길 더듬어 돌아와
책상 위 수반에 길게 눕힌다
새들의 울음소리
밤새도록 소복이 돌 위에 내려앉는다

아, 나는 반야월에 산다

반야월로 이사 오기 전에는
시내에서 금호강 건너면 반야월이 있었다
주말이면 동해안으로 가기 위해
자주 반야월을 지나가기도 했다
이사 와서 보니 반야월은 상징이 되어
간판으로만 펄럭이고
사람들은 모두 안심동 주민으로 살아가고 있다
반야월종합시장 반야월역 대구은행반야월지점 간판은
보이는데, 아 내가 살 반야월이 없다
고려 태조 왕건이 공산 전투에서 대패하고
도망가던 길목마다 발자국은 지명으로 남아 있지만
안심安心과 반야월半夜月이 문제다
왕건은 안심을 거쳐 반야월에 이르렀는지
반야월을 거쳐 안심에서 마음을 놓았는지,
이사 온 후 그게 늘 궁금하다
친구들은 별 걸 다 고민한다는 투로
안심을 해야 하늘의 달도 보일 것 아니냐며
안심을 지나 반야월이라고 단정짓는다

나는 과연 그럴까 그럴까 하면서도, 반박하지 않는다
택시를 타도 꼭, 반야월로 넘어갑시다고 한다
금호강을 넘으며 기사는 또
반야월 어디까지 가십니까 되묻는다
그때마다 안심을 피해 건물 이름으로 답하며
괜히 마음이 끌리는 이 땅의 이름들을 떠올린다
땅끝 초록 하회 물금, 요즘 생겨난 헤이리까지,
그 중에서도 반야월은 너무 이름이 예뻐
지상에 놓고 밟고 다니지 못하도록 했나 보다
금호강 밤하늘에 띄워 두고
가슴에 품고 다니도록 했나 보다
우리나라에서 가장 어여쁜 땅이름, 반야월
이제 세상에서 누구도 밟고 다닐 수 없는, 반야월
아, 나는 반야월에 산다

목단꽃처럼,

닷새마다 장이 서는 반야월 노천시장
허리 굽은 할머니가 땅바닥에 펼쳐 놓은 좌판
푸성귀 옆에, 어울리지 않게, 목단꽃 다발, 놓여 있다
서서 물어보기 미안해 쪼그려 앉으니
주름투성이 할머니 얼굴 쳐다보인다
이 꽃 좀 팔았느냐고 물어보니
오늘이 '부부의 날' *이라 다 팔고 요것만 남았다는
우물거리는 대답이 돌아왔다
연세가 여든여덟이라는 대답도 간신히 얻어 듣고는
할아버지가 계시냐고 또 물으니
좌판의 푸성귀들 가리키며
영감이 올해 아흔인데 텃밭에서 직접 가꾼 거란다
텃밭 가에 흐드러지게 피어 있는 이 꽃도
이렇게 날짜 맞추어 꺾어 왔단다
까맣게 탄 작은 얼굴 갑자기 환해 보여
집에도 한 다발 꽂아 두었느냐고 놀리니
입가에 웃음 살짝 머금더니, 미친 놈! 하신다
덩달아 웃으며 유심히 바라보니

아, 얼굴 살짝 붉어지신 듯도 하다

집에 돌아와 오지 항아리에 풍성하게 꽂아 놓고
실실 웃으며 아내와 목단꽃 번갈아 바라본다
아무리 봐도 '미쳤어요' 할 것 같진 않고
얼굴도 살짝 붉어질 것 같지 않다
목단꽃처럼, 일주일이 붉게 흘러갔다
장날마다 시장에 나가 봐도
한 달이 목단꽃처럼, 붉게 흘러가도
할머니 만날 수 없었다
할머니는 옛이야기 속에 나오는 문수보살이었을까

매일 아내의 얼굴 한 번씩 훔쳐보는 버릇이 생겼다
잠시 내 곁에 머무는 문수보살일까 싶어서

* '부부의 날'(5월 21일)은 2007년부터 대통령령으로 달력에 표시되기 시작한
법정 기념일이다. '가정의 달'인 5월에 '둘(2)이 하나(1)가 된다'는 의미를 담
았다.

보민치과

일 년에 한 번 치과 오는 날은 즐겁다
교양 있는 사람들이 두루 쓰는 현대 서울말로
내 이빨을 걱정해 주는
원장의 부드러운 목소리 들을 수 있어
일 년에 한 번 보민치과 오는 날은 즐겁다

대구의 동쪽 끝 경산 우방아파트 상가 2층
작고 평범한 병원 문 열고 들어서면
접수대 뒤쪽에는 낡은 종이 진료 카드가 수북 꽂혀 있고
눈 밝은 간호사는 내 이름을 듣고
쉽게 카드를 뽑아 진료실에 갖다 놓는다
보민치과는 예약 없이는 진료받을 수 없는 병원이다
환자가 많다는 말이 아니다
내가 진료받는 동안에는
다른 환자를 본 적이 없다는 뜻이다
일 년간 칫솔질을 얼마나 게을리했는지
꼼꼼히 점검받고 나서
본격적으로 스케일링을 하는 삼십여 분 동안

보민치과에는 의사와 간호사 둘 그리고 나뿐이다
병원 전체가 나 한 사람을 위해 정성을 다한다
요즘 세상에 이 얼마만한 호사이랴
입을 벌리고 누워서도 행복에 겨워 편안하다
의사와 간호사와 환자는 서로 말이 많아서
입 벌리고 누워서도 긴장하지 않을 수 있다

진료가 끝나고 서로 덕담 나눌 때
나는 되레 얼굴이 푸석한 원장의 건강을 염려한다
병원 계단 내려오다 문득 생각한다
많이는 말고 일 년에 두세 번 이빨이 조금만 탈이 나서
원장의 함박꽃 같은 얼굴 한 번이라도 더 보고 싶다고
철딱서니 없는 어린애처럼 즐거워한다
아, 예약 없이는 진료받을 수 없는
기적 같은 꿈같은, 대구에는 보민치과가 있다

여치와 함께 출근하다

출근길 힐끗 쳐다본 앞산 위엔
구름 한 점 없다
비 갠 초가을 아침이다
아파트 담장 넝쿨장미 그늘에 코 박고 서 있는
자동차 깨워 골목길 나서다가, 아
보닛 저 앞쪽 앉아 있는 녹색 여치 한 마리,
잘생긴 뒷다리 곧추세워 잔뜩 힘주고 나를 노려보고 있다
차 세울 장소가 마땅찮다
시계도 여유가 없다고 깜빡거린다
할 수 없다, 일터까지 조심 운전 하는 수밖에
특히 코너를 돌 때 떨어지지 않도록 속도를 줄여야 한다
그래도 속도가 빨라지는지
여치는 조금씩 방향을 바꾸더니
큰길까지 나오자 완전히 돌아앉아
허공에다 M자 포즈를 취하며 무슨 항의의 메시지 보낸다
그러나 나는 생각할 겨를이 없다
운전에 신경 쓰느라 두 팔이 뻣뻣해졌지만
여치 또한 얼마나 긴장했는지, 잔뜩 세운 뒷다리와

황록색 꽁무니가 조금도 흔들리지 않는다
바람 속에 하늘에다 머리를 디밀고 온몸으로 버티는
여치와 동행하며
나는 벌 받는 어린애처럼 마음 졸였다
평소보다 서너 배 시간이 더 걸렸지만
여치를 모시고, 아, 무사히 일터에 도착했다
시동도 끄지 않고 차에서 내려
공손히 두 손으로 뒷다리를 잡아 풀밭에 내려놓았다
여치는 한참 동안 꼼짝도 하지 않는다
움직일 때까지 지켜보지 못하고 돌아섰다
아침 회의 끝나고 한 시간 후 나와 보니
여치는 어디론가 가고 없다
여치의 우주를 바꿔 버린 오늘 아침
아무 일도 없었다는 듯 하늘은 맑고
바람도 참 조용히 지나갔다

가장 잔인한 건 기억이다

— 대구지하철 참사 사십구재四十九齋에 부쳐

1

한밤중에 조용히 유가족 대기실 빠져나가

남이 보면 미쳤다고 할까 봐

차 속에 숨어 들어가

밤마다 너에게 전화를 건다

— 밤마다 호출을 해도, 너는 왜 응답하지 않니?

주름 많은 얼굴에 다시 고이는 눈물 훔치고

대기실에 돌아와 편지를 쓴다

—오늘은 뭘 먹었니?

　집에 들어갔어?

　돈 아껴 써.

　갖고 싶은 건 없니?

하루도 빠짐없이 너에게 편지를 쓴다

마지막 한 줄까지 꾹꾹 눌러쓰고 볼펜을 놓으면

실낱 같은 희망이

툭!

소리 내어 끊어진다

2
네가 자주 가던
살구꽃 뽀얀 암자에서
오늘은 사십구재 올린다
어제는 대구에서 부산으로 내려와
너의 속옷을 사고 신발도 사며
네 엄마는 발 크기가 똑 같다며 이것저것 편한 걸 찾아
자꾸 신어 보더라만,
수의까지 사 들고는
스물두 평 우리 아파트 들어서지 못해 문밖에서 서성거렸
단다
너에게 삼배 올리고 나니
등 뒤에서 갑자기 바람이 일어
하얀 살구꽃 몇 닢 법당으로 뛰어드는구나
마지막으로 너의 옷가지에 불이 붙어
활활 타오르자
미친 듯 일진광풍 꽃잎 마구 쓸어가 버리는구나
살구꽃 마구 날리고, 옷가지 활활 타오르니

불꽃 속으로 뛰어들려다 또 마구 뒹굴다 실신하고
깨어나선 다시 중얼거린다
—너무 외로우면, 아빠 불러라, 금방 갈게, 응?
너는 내 인생의 전부였고
그래, 내 존재의 이유였지

아, 가장 잔인한 건 기억이다

※ 최이식(59) 씨와 부인 박곡지(52) 여사의 무남독녀 최혜경(1981. 8. 15일
생) 양은 대구대 사범대 국어교육과 3년생이었다. 164cm, 56kg의 재원이었
던 혜경 양은 37세에 얻은 목숨 같은 딸이었다. 마지막 통화는 2003년 2월 18
일 9시 42분이었고, 11분 후 대구 지하철 중앙로역 화재 참사가 발생했다. 유
품으로는 녹아 내린 반지와 열쇠뿐이었다. (KBS, 참사 70일 〈어느 아버지의
진혼곡〉에서)

방천시장
― 방천연가 1

골목길은 일어서서 하루 종일 음악을 듣고
음악은 줄지어 옹벽에 붙어 서서 그림을 그리고
그림은 낙서하듯 담벼락에 시를 쓰고,
사람들은 소문 듣고 몰려와 보물찾기 하듯 골목을 들쑤신다
늙은 시장이 여러 해 전에 무릎 수술을 했지만
걷는 연습에 게을러 점점 다리가 뻣뻣해져 가고 있다

김광석길에서

— 방천연가 2

1

김광석길 윗마을 벽화 중에서 제일 눈길 끄는 것은 오토바이 타는 그림이다 그가 마흔이 되면 꼭 하고 싶다던, 하얀 반팔 티셔츠에 까만 통기타 가방을 메고 할리 데이비슨 오토바이를 타고 세계 일주를 떠나는 그림—그의 등 뒤로 푸른 지구가 조그맣게 떠 있지만, 활짝 웃고 있는 그의 얼굴은 너무 젊고 그의 표정은 오랜 꿈을 이루는 설렘도 없이 너무 가볍다 하기야 마흔이 된 김광석을 본 사람은 아무도 없으니, 고무신 끌고 마실 나가듯 가볍게 그릴 수밖에 없겠다

그 옆에는 또 포장마차 주인이 된 김광석이 그 특유의 사람 좋은 웃음을 띠고 서서 손님을 맞고 있다 이 벽화 앞에는 곧 허물어질 듯한 잿빛 벤치까지 길게 놓여 있어 김광석길 최고의 포토존이 된 지 오래고, 희한하게도 사람들은 이곳에서는 늘 돌아앉아 자기 뒷모습을 사진으로 담아 간다 늦은 밤 잠시라도 이곳에 앉아 보면 나지막이 김광석 노래가 들려오고, 바로 옆 벽화의 만화가 아니더라도 '소주 안주로는 김광석 노래가 최고'라서 술 생각이 간절해진다

2

김광석길 천천히 되짚어 내려오면, 골목길에 깔리는 김광석 노래 속에 일본의 소설가 다자이 오사무의 음울한 목소리가 자꾸 섞여 든다—태어나서 죄송합니다, 태어나서 죄송합니다—다자이가 죽고 16년이 지나 대한민국의 남쪽 내륙 도시 대구의 방천시장에서 태어난 김광석, 그를 사랑하는 인파에 떠밀려 같이 흘러가면서, 북일본 아오모리 현 쓰가루 반도의 드넓은 평야 끝에 숨어 있는 다자이의 고향 가나기 마을을 떠올린다 그곳도 마을 전체가 그의 이미지로 살아가는 다자이 마을이기 때문이다

태어나서 죄송하다는 말을 남기고, 서른아홉에 마침내 정사情死로써 스스로 자기 삶을 완성시킨, 괴팍했던 천재 다자이 오사무, 그는 죽어서 비로소 일본 젊은이들의 가슴속에 영원한 청춘의 상처로 살아 남았다 열여덟 살에 읽은 다자이 오사무의 소설은 소설이 아니라 음악이었다고 고백한 소설가*의 말처럼, 김광석길에서는 술안주도 김광석의 노래가 붙어야 잘 팔린다 막걸리 안주로 '이등병의 편지' 한 점 찢어먹으면, 왜 김광석도 영원히 늙지 않는 청춘의 상처인지 절절히

느낄 수 있다.

3

대지주의 여섯째와 소시민의 다섯째로 태어난 일본의 소설가와 한국의 가수를 생각하면, 30대에 스스로 죽음을 선택한 일본의 소설가와 한국의 가수를 생각하면, 다자이의 소설은 삶의 고뇌를 들려주는 음악이고 김광석의 음악은 살아가는 일의 쓸쓸함을 보여 주는 시라고 생각하면, 그리고 천재들은 자신을 죽여 스스로 자신을 완성한다고 생각하면, 생각한다면……

생生이여 죽어라, 생이여 이룩하라, 그리고 마침내 아아 생이여 스스로 완성하라!

* 한수산의 『사람을 찾아, 먼 길을 떠났다』(해냄, 2006)의 「다자이 오사무 기행」에서 가져옴.

갈매기골목
— 방천연가 3

내륙 도시 대구 방천시장 두 번째 골목은
생뚱맞게도 갈매기길이다
수년 전 이곳에 둥지를 튼 한 화가가
이 골목 길바닥과 전봇대에 일이 미터 간격으로
노란 갈매기를 그려 놓았기 때문이다
이제는 지워지거나 한쪽 날개가 떨어져나가
영영 날지 못하는 불상사도 생겼지만
아직도 이 골목은 갈매기길이다
화가의 고향은 남쪽 바다 작은 포구여서
밤마다 갈매기처럼 꿈꾸고 싶었으리라
재래시장 낡은 지붕 아래 철퍼덕 닻을 내리고
밤마다 밤마다 높이 솟구쳐 올라
눈감고 바람에 온몸 맡기고 싶었으리라
보름달 뜨면 방천시장 노랑갈매기들은
신천을 따라 낙동강을 따라 바다까지 내려갔다가
새벽이면 일렬로 줄지어 골목으로 돌아온다
돌아와 제자리 찾아 앉아
밤새 젖은 날개 아침 햇살에 말리고 있다

선술집 바라지의 젊은 사장은

― 방천연가 4

　방천시장 갈매기골목 안 선술집 바라지의 젊은 사장은 꼭 내 작업실 문 앞에 와 전화를 건다 집 안에 내가 있는지 없는지는 전혀 관심 없다는 듯 그의 목소리는 조심성이 없다 그런데도 목소리가 참 착하다 아가씨에게 수작 거는 내용인데도 밉지가 않다 이따금 터뜨리는 웃음도, 비 갠 아침 나뭇잎에 맺혔던 물방울이 떨어지며 햇살을 사방으로 흩뿌리듯, 순간적이며 폭발적이다 눈부시기까지 하다 그는 일주일에 한 번씩 낮 시간에 꽃꽂이 강사가 되기도 한다 다분히 실험적인 그의 작품은 꽃보다 마른 가지가 더 많고, 개중에는 위태롭게 뻗어 나와 내 작업실을 기웃거리는 놈도 꼭 한두 개 있다 유심히 보면 가장 긴 가지 끝에는 그의 웃음이 늘 몇 방울 맺혀 있다가 내 눈에 들키면 까르르 폭발한다 그걸 난 바르르 떨고 있다고, 사정하는 수컷 같다고 우겨 보기도 한다 그럴 때는 김광석이 길을 건너와 젖은 목소리로 투덜거리다 집 앞에 흩어져 있는 웃음을 쓸어 담아 주고 간다

나물 향기
― 방천연가 5

유심히 보지 않으면 눈에 잘 띄지 않는
방천시장 갈매기골목 한가운데쯤
회색빛 갯바위 하나
낡은 울타리 속에 숨어 있다
일주일에 서너 번씩 내가 스며들어
고단한 날개를 접고 쉬는 곳이다
조용한 골목길에 인기척이 날 때마다
놀란 갈매기들 날아오르며
끼룩끼룩 활개 치는 소리 들린다
하지만 골목은 이내 열 길 물속처럼 가라앉고
이따금 골목 입구 채소 난전
졸다가 깬 할머니들의 긴 하품 소리에
잠시 흔들렸던 햇살에선
풋것들의 나물 향기 번진다

전화가 간절할수록 고요는 더 깊어진다
— 방천연가 6

　방천시장 갈매기골목 안 선술집 바라지의 초저녁 술손님 중에는 젊은 여자들이 많다 그녀들은 술자리를 빠져나와 내 작업실 앞에서 어디론가 전화를 건다 집에 늦게 들어가는 변명을 하기도 하고 애인에게 속마음을 털어놓기도 한다 모두 술의 힘을 빌리기 일쑤다 그녀들의 전화가 간절할수록 끊고 난 뒤의 고요는 더 깊어진다 골목 안이 칠흑 동굴같이 깊어져 어디선가 수도꼭지에 맺혀 있던 물방울 떨어지는 소리도 또렷이 들려온다 자정이 가까워지면 이윽고 갈매기들이 어둠보다 더 깊어진 고요를 물고 줄지어 조용히 날아오르는 소리 들린다 어느새 다가온 김광석도 전봇대에 기대서서 갈매기 골목 낡은 지붕위에 내걸린 찌푸린 달을 오래 쳐다보다 간다

새벽 골목의 장난
— 방천연가 7

날 궂은 오후엔 김광석 노래가
자주 길을 건너오기도 하는
방천시장 뒤 외진 갈매기골목,
어쩌다 밤을 새고 새벽 골목에 나와 기지개 켜면
이슬에 젖어 앉아 있던 갈매기 한 마리
슬쩍 내 울타리 쪽으로 옮겨 앉는다
날갯죽지 밟을까 봐 움칠 물러서서 내려다보면
이상하게도 꼭 장난을 걸고 싶어진다
그 옆에 쪼그려 앉아 두 팔 활짝 벌리고
다시 왼팔 조금 기울여
갈매기와 같은 포즈로 날갯짓 해본다
그러나 밤을 샌 내 몸은 천근만근 무겁고
갈매기도 날개가 마를 때까진 날 생각이 없다
간밤에 몰래 바다까지 내려갔다가
잠들지 못하고 몸 뒤척이던 남쪽 바다에 들켜
꾸중 듣고 돌아와
잔뜩 기가 죽어 있는지도 모른다

카페 플로체
— 방천연가 8

자고 나면 새 건물이 들어서는
방천시장이지만,
한 골목 더 들어왔을 뿐인데
갈매기골목 깊숙이 닻을 내린 내 둥지는 사정이 다르다

서쪽 입구는 반달 마크가 멋졌던 찻집 문MOON이
설탕수박이라는 외국 맥주 전문점으로 바뀌어 환해지고
동쪽 입구는 간판이 너무 커 눈에 거슬렸던 주점 백두대간이
갈매기골목답게 아니 방천시장답지 않게
커다란 수족관을 갖춘 횟집으로 바뀌었다
하지만 거기까지다
김광석거리가 전국적으로 이목이 집중되고 있지만
재개발의 파도는 아직까진
갈매기골목 양 끝만 적시고 있다

하지만 김광석길과 시장통은 사정이 다르다
가장 먼저 젊은 시인이 짐을 쌌고
목 좋은 골목에 있던 중견 사진 작가도 작업실을 비웠다

봄이면 예술가들이 제멋에 겨워 '방천연가'를 부르던
우리들의 찻집 플로체도 문을 닫았다
모두 집세가 두세 배 뛰었기 때문이다
축제에 참가했던 시인 화가 음악가 사진가들 모두
둥지를 잃고 뿔뿔이 흩어졌다
뜻있는 사람들은 젠트리피케이션*이라며 혀를 찼다

건드리면 시드는 꽃처럼 예술은 늘 섬약하다
사람이 모여들수록, 식당과 술집이 늘어갈수록
예술가들은 뿌리 뽑혀 어디론가 흘러가 버렸다
어찌 이들을 되돌아오게 할 수 있으랴
방천시장이여
안녕, 방천연가여
이제 내가 떠날 차례가 된 것이다

* 도심 개발로 원주민이 밀려나는 현상—쇠락한 도심에 활기를 불어넣었던
예술가와 상인이 밀려나고 그 혜택을 건물주가 독식하면서, 예술가와 예술
공간이 사라지고, 고객의 발길이 끊어지게 된다.

수상한 꽃나무
— 방천연가 9

떨어지는 저 꽃잎 따라가면
오십천 가 산비탈 숨 가쁜 복사꽃이 나올까
떨어지는 저 꽃잎 따라가면
선암사 각황전 돌담길에 핀 홍매화가 나올까
떨어지는 저 꽃잎 따라가면
보은 19번 국도변의 환한 살구꽃이 나올까

일제 때 정미소였던 녹슨 양철집 옆
전봇대 대신 서 있는 키 큰 꽃나무 한 그루
정태경 화가의 그림이다
그림 속의 수상한 꽃나무다
방천시장 낡은 골목이 녹빛으로 저물고
수상한 꽃나무는 각혈하듯 자꾸 꽃잎만 게워 내고 있다

양철집 이층 창문에 불이 켜지자
초저녁 봄밤이 새싹 빛으로 꽃피고
수상한 꽃나무는 이층 방 들여다보며 무슨 생각하는지
붉은 꽃잎 수음하듯 울컥울컥 온 골목에 흥건하다

사람들은 꽃비 속을 찌푸린 얼굴로 지나가고
누군가의 붉은 마음이 함께 바닥에 깔린다

4

길 위의 시간

길 위의 시간

존 스타인백의 「분노의 포도」 제4장을 일부러 천천히 읽어 내려 갔다 4년 복역을 마친 살인범 죠오드는 불쌍한 자라를 안고 한때 목사였던 짐 케이시를 만나 함께 언덕을 세 개 넘어 집으로 간다 4년만의 귀향이다 "도대체 뭣 땜에 사람들을, 어디로 끌고 가고 싶어 하는 거죠, 아저씨? 그저 끌고만 가면 되는 걸 가지고." 4년의 감옥이 청년을 철들게 했다 "자기 입으로 말할 수 없는 것은 연필을 상대로 하여 쓸 가치가 없다." 고 늘 말하던 아버지 죠오드의 아들답지 않게 철이 든 아들 톰 죠오드의 서걱거리는 대화를 따라가는 동안, 태평양은 조용히 비행기를 통과시키고 있었다 비행도 인생도 이렇듯 많은 생각 속에서도, 생각에 흔들리지 않고 그저 흘러갈 뿐이다 KE015기 11시간 20분 만에 로스엔젤리스 공항에 사뿐히 내려앉을 동안, 화장실에 세 번 다녀오고 「블루 발렌타인」의 여주인공과 인생의 공허함에 대해 진지하게 토론하기도 하고, 삶의 일탈이 때로는 고단한 숙명일 수도 있다는 걸, 그러나 그저 그때마다 열중할 수밖에 없다는 걸 수긍하기도 하면서, 모하비 사막의 덤블링 트리처럼 굴러가다 아무 데나 깊이 뿌리 내리는, 길 위의 시간

치악산 상원사에서

주지스님에게 짐짓 대들어 본다
당연히 나보다는 더 정확할 것이라는 믿음은 있지만
어깃장 놓는 건달처럼 자꾸 떼를 쓰고 싶어진다

— 스님, 저 나무 이름이 전나무 아니에요?
— 제주도에 있어야 할 구상나무가 어찌 이곳까지 올라왔
어요?
— 추사의 세한도 같은 정신을 느끼려면 어디쯤에서 보는
게 좋을까요?

스님은 빙그레 웃기만 하다가
보름달밤에 다시 찾아오란다
보은報恩의 종각*과 돌올한 저 구상나무와 허공에 뜬 달
같이 보고난 뒤
삼배로 예를 갖추고 나면
저 까마득한 나뭇가지에 걸 마음 하나 보여 주겠단다

* 종각 속에는 치악산雉岳山의 유래가 된, 꿩의 보은설화로 유명한 범종이 있다.

대청 일박

천불千佛이 줄지어 오르시다
그만 멈춰 선 곳,
아가위 붉은 열매 눈 속에 얼어 있고
동박새 파아란 발자국
종일토록 해바라기 하는 곳,
대청大靑은 그 뒤에 숨어 기다리고 있었다

여덟 시간 걸려 드디어 대청에 오르니
뜻밖에도 천군만마로 모여
웅성거리는 서쪽 노을,
황급히 돌아서니 동해 기슭 저녁 안개
하얗게 겁에 질려 천불동 골짜기로 숨어든다
줄지어 선禪에 드는 천불의 정수리
오래 내려다보다
산장에 들어 신발 끈 푸니
멈췄던 눈보라 죽비소리 쏟아 붓는다

대청에서 잠든 인간들의 꿈이

설악雪嶽에 내리는 별과 만나
아무도 모르게 수작하며
푸르게 푸르게 녹아내린다
짤랑짤랑, 별 부딪히는 소리
밤새도록 고단한 잠 속으로 떨어진다

소청도 안개 설화

서해 오도 막내 섬 소청도엔 나리민박이 있다
일흔이 넘었는데도 아직 뱃일 하는
우람한 체구의 황 씨가 주인이다
4남매 모두 대처로 나가 살고
부인 둘과 오순도순 안개 속에 묻혀 살아가고 있다
파도 소리 높을 땐 더러 시앗싸움도 생기지만
그 소리는 한 번도 집 밖으로 새나간 적 없다
어진 큰부인의 눈빛은 늘 아득하고
영리한 작은부인의 입술은 늘 봄바람 소리가 난다
그 사이에서 황 씨는 오늘도
바다 건너 강령 고향 마을 순이 얼굴이 잠깐 떠오르자
그물 깁던 손길 잠시 멈춘다
그 순간은 워낙 짧고 능청스러워
함께 그물 손질하던 옆집 박 노인도 눈치 채지 못하고
눈치 빠른 작은부인도 감쪽같이 속는다
열다섯에 건너온 저 바다 위로
자주 안개가 끼지 않았던들 쉬 익히지 못할 버릇이었다
황 씨는 결국 세 명의 부인과 살고 있는 셈이다

안개는 늘 나리민박 주위가 가장 짙고
엉덩이 무거운 황 씨처럼 민적거리며 가장 늦게 걷힌다
세 여인의 너도바람꽃 같은 입김
늘 안개 속에 녹아 있는 나리민박, 안개가 걷혀도 늘
대청붓꽃보다 짙은 단내 나는 나리민박
서해 오도 막내 섬 소청도엔 나리민박이 있다

반계리 은행나무

목이 마른 스님이 물 깃던 동네 처녀에게
물 한 바가지 얻어 먹었을 때,
바가지 속에 버들잎 하나 띄운 처녀의 이쁜 마음과
맑아진 눈으로 찬찬히 마을 둘러보는 스님의 마음이 만나
절 한 채 세우는 대신 지팡이에 두 마음 담아 꽂아 놓고
착한 마을 사람들 걸음걸이 그대로 무심히
스님은 구름처럼 흘러가 버렸다

이 우물가 처녀와 스님의 수작
구천봉 산신령이 가만히 내려다보다
양 옆에서 먼 산만 보던 성상봉과 숭산봉에게
귓속말로 수군거린 후
지팡이에서는 새끼 오리 발 같은 작은 은행잎이 돋아났다
팔백년 전쯤에 있었던 일이다

은행나무는 탈 없이 무럭무럭 자라나
점점 큰 그늘 드리웠고
마을 사람들은 눈만 뜨면 달려 나와

하루 종일 그늘 밑에서 평화롭게 살았다
기특하게 여긴 산신령은 자기 수염 빛 뱀 한 마리
나무 속에 깃들어 살게 하니
이제 나무는 아무도 건드리지 못하는 신목이 되어
더욱 큰 그늘 드리우며 푸르러지고,
아침 저녁으로 사람들이 찾아와 복을 빌었다

나무는 점점 부풀어 올라 둥글어지다가
언제부턴가 무성한 잎이 모여
사랑방 목침 같은 긴 사각형으로 변해 갔고
나무를 지키던 백사도 늙어 죽자
네모난 나무에서는 사리가 여기저기서 툭툭 불거져 나왔다
마을 사람들의 착한 마음이 변하지 않는 한
이 땅에서 가장 크고 아름다운 은행나무로
오래 마을을 지켜나갈 것이라 한다

자장매
— 탐매시探梅詩 1

새벽부터 찾아온 이들이

간밤에 지은 죄의 무게만큼,

영각影閣의 늙은 어깨 더 굽어지며

슬쩍 왼쪽으로 기운다

해가 뜨려는지 법당 안 부처님 미간 붉어지며

매향 공양 받는다

영축산 통도사 영각 앞 자장매慈藏梅

한 해를 기다려

오늘 아침 환하게 불 밝혔다

와룡매

— 탐매시探梅詩 2

먼 가락국 수로왕비 허황후가 천년을 누워 쉬고 있는
구지봉 남쪽기슭, 김해 구산동 185번지에는
박정희 시대의 정직한 이름을 가진 건설공업고등학교가
이름만큼 단정한 모습으로 교문 깊숙이 앉아 있다

좁다란 교문 안으로 들어서면 건물은 보이지 않고
뜻밖에도 섬진강 강둑처럼 긴 매화길 아득히 펼쳐진다
늙은 백매 사이 눈부신 어린 홍매 가지도
드문드문 하늘로 새 길 내고 있다

뒤틀린 줄기 고태 풀풀 풍기며 용트림하는
와룡매臥龍梅 아래 슬쩍 기대서면
환한 매화길에 꽃잎 캄캄히 내려앉고
귀 밝은 이들은 아득한 파도 소리 들린다고 한다

허황후 맞이하던 수로왕의 붉은 마음처럼 일어서던 파도
열 번에 한 번 길게 붉은 울음 울었을 게다
먼 파도 소리도 누워야 잘 들리는 이곳은
와룡매 피는 조개무덤의 옛 땅, 김해다

나무 지도를 가진 도시

그 도시, 보르도*에 가고 싶다
카메라를 매고 여행자 티를 풀풀 풍기며
사나흘 도시 구석구석 돌아다니고 싶다
가로수 지도를 만들어 구글 위성 지도에 새겨 넣은
부지런한 사람들의 미소를 보고 싶다
시청 광장이나 성당 모퉁이에 서 있는 큰 나무부터
변두리 언덕길 옆 여염집 좁은 마당에
뒤꿈치 들고 밖을 내다보고 서 있는 나무들까지
사진을 찍고 돌아와
구글 위성 지도를 펼쳐 나무 이름을 외우고 싶다
포도주를 익히듯 스스로를 익힐 줄 아는
향기로운 사람들의 눈빛을 보고 싶다

* 보르도bordeaux는 대서양 연안에 있는 프랑스 제1의 포도주 생산지이며, 시가
지 가로수 지도를 인터넷(http://arbres.bordeaux.fr/)에 올려놓은 도시다.

서풍수마

운남성 여강의 수허고성 주파가酒吧街 한가운데
적토마 갈기 빛 간판을 단 카페, 서풍수마西風瘦馬*가 있다
가을바람처럼 쓸쓸하고 가을 말처럼 야윈 서체로
칠채운남七彩雲南**을 지키고 있는 카페
서풍수마 앞에 나와 앉아 모닝커피 마시면
수로에 반짝이는 아침 햇살이
목덜미에 어른어른 물비늘 끼얹어도
옥룡설산 흰 이마 환하게 눈부시다
미간 지푸리며 지그시 눈감으면, 온 마을이 돌길이라서
옆골목 지나가는 이른 말발굽 소리와 사람들의 발자국 소리
음악처럼 귓가에 찰랑거리는 물소리 속에 잘 녹아든다
설산의 만년설 녹아내려 고성의 수로를 채우고
삼안정三眼井*** 물 깃는 처녀의 희고 긴 손가락이
세상에서 가장 정갈한 아침을 연다

* 원나라 시인 마치원馬致遠의 '천정사天淨沙'에 나오는 시구.
** 운남성의 슬로건. 운남을 일컫던 옛말 '채운남현彩雲南現'(채색 구름이 남쪽
에 보인다)에서 옴.
*** 운남 고성들의 나시족 수로문화水路文化를 대표하는 샘터로, 일수삼용一水三
用(식수, 채소 씻기, 생활용수)하는 자연 친화적인 생활 전통임.

여차포구

거제도 여차 몽돌밭 몽돌들
물가로 몰려나와
새벽 바닷물에 세수하고
잠 덜 깬 아침 햇살에 온몸 말리고 있다

바람 한 줄기 다가오자
벼랑 위 늙은 동백나무 힘겹게 잎사귀 들어
햇살 슬그머니 몽돌밭에 내어 주고
꽃송이까지 후두둑 내려놓는다

금 간 몽돌 하나, 조용히
제 몸에 아득한 무늬 새기다
다가온 파도에 붙들려
좌르르 미끄러지다 물속으로 끌려 간다

모여선 앞섬 그림자 조금씩 짧아지고
수평선은 아무도 모르게 제 몸 둥글게 말고 있는데,
저 몽돌 며칠이 지나야 다시
몽돌밭에 올라 따스한 햇볕 쬘까

'구'가 구舊가 아니라 구□라니?

해남에는 땅끝이 둘 있다

남쪽 땅끝은 워낙 사람들이 많이 찾아서 국민 관광지가 된 지 오래다 서쪽 땅끝은 좀 복잡하다 튼실한 고구마 같은 형세의 화원반도는 사람들이 하도 주물럭거려 놓아서 현지인들도 헷갈릴 때가 더러 있는 모양이다 바다가 막혀 호수가 되기도 하고, 이제 더 이상 섬이 아닌 섬이 늘어가는, 화원반도는 그런 곳이다 그 땅끝에 목포가 빤히 보이는, '구등대'라는 이름을 가진 참 이쁜 등대가 있다 대낮에 봐도 좋지만 노을 좋은 날이면 바닷길이 아름다워서 사진 작가들이 즐겨 찾는다 등대 이름은 목포 사람들이 지은 것 같다, '구'가 구舊가 아니라 구□라니? 목포는 욕심이 너무 많다 이렇게 이쁜 신등대를 세워 놓고 아직도 구등대라니?

구등대는 새로 세워도 구등대다

눈 감고 바라보다

변산반도
느린 파도 소리
눈 감고 바라보면
눈부시게 환하다

느린 전라도 억양으로
철석 처얼석 척
4분의 3박자로
몸 푼다

소나무 가지 사이
지고 있는 해
솔가지로 군불 지핀 온돌방에 펼쳐 놓은
붉고 따뜻한
한 장의 이불
겨울 바다

자장가 소리 들리는

엄마의 바다

화엄 바다

눈 감고 바라보는, 파도 소리

무월 달빛마을

　누구든지 무월 마을 돌담길 걷다 보면 대낮인데도 돌담 사이 푸른 달빛이 도둑고양이처럼 숨어 있을 것 같아 자꾸 무릎 굽혀 돌 틈을 살펴보게 된다

　제주 애월 바다가 긴 수평선 끌고 남해 바다 건너와 담양 금산에서 동쪽 망월봉 머리 위로 비스듬히 척 걸쳐 놓은 달빛 한 장, 그런 달밤에는 애월涯月과 무월撫月의 마음이 너무 달라 자주 눈감고 달빛 소리 듣는다

　달 어루만지는 손길 훔쳐보며 옥수수 잎들이 뒤꿈치 들고 숨 가빠지면, 분지의 들판도 오래도록 잠들지 못하고 수런거리고, 달빛은 고여 넘치다 개울로 내려가 마을 밖으로 몰래 빠져나간다 달빛이 알을 슬어 놓은 듯 미처 따라가지 못한 윤슬이 오래 개울가에 남아 반짝인다

　무월, 하고 중얼거리면 달빛이 빚어 내는 탱탱한 화음이 과즙처럼 입 안에 퍼지고, 푸른 달의 정령이 서서히 하늘로 올라가는 게 보인다 방문객들은 하룻밤이라도 무월 마을 사람이 되고 싶어 오래 돌담길 긴 골목 서성거린다

허전한 빨랫줄

── 유리에게

담장 너머 구름 한 점 없는 파란 하늘
시리다
긴 빨랫줄 오른쪽에 커다란 남자 옷 세 벌
걸려 있다
낡은 청바지 하나
얼룩 많은 티셔츠 하나
허름한 사각 팬티 하나,
바람이 부는지
빨래는 아랫도리가 왼쪽으로 조금 기울어졌다
이 장면을 너는 '쓸쓸함'이라 했구나
옷의 주인은 혼자 사는 커다란 남자일 거라고
한 번도 본 적 없어 얼굴은 모르지만
외로워 보이는 뒷모습은 익숙할 것 같다고,
그리고 너는 그 남자가 혼자 밥상 앞에 앉아 있거나
자면서도 신음 소리 같은 잠꼬대를 할 것 같다고,
발 동동 구르며 안타까워하는구나
아내의 고운 옷이나
아이들의 조그마한 옷들도 함께 널렸으면

얼마나 좋을까 좋을까 생각하는
너는 아, 온몸이 눈인 천사다

※ 〈두산그룹 청소년정서함양프로젝트 - 다친 마음을 사진으로 치유하는 청
소년 58명의 사진전〉(서울 인사아트센터, 2013. 1. 21~29)에서 유리(중3)의
사진 작품 「쓸쓸함」을 만났다.

5
숨어 있는 절

봄날의 아다지오

첫 봄꽃 툭 불거져 나온 오늘 아침

쪼그려 앉아 봄꽃 가만히 들여다보니
오래 잊고 있었던, 그러나 지워지진 않아서 마음 저 밑바닥
한 점 흰 그늘로 남아 있던,
낡은 그리움 하나

참 잘도 보이네

첫눈

산으로 올라간 길은 하늘로 들어가고

구름 대문 열고 하늘로 들어가고

뒤따라 가던 길 하나 머뭇거리다 계곡으로 숨어든다

이윽고, 오래 잊혀진 기별인 양

하늘에서 첫눈이 내려왔다

개심사 청벚꽃

개심사 돌계단 옆 능수벚나무

초파일 기다려 꽃 피우려다

요실금처럼 아랫도리에 찔끔 흘려 버린, 첫 청벚꽃 몇
송이

어쩔거나

아, 숨 막히게 가슴 저려 오는, 저 아찔한 화두!

가을산

계곡물은 덤불 속 참새 새끼들과 해종일 종알종알 다툰다

물가에서 귀 멍멍해진 붉나무

엉겁결에 우듬지의 잎들 모두 내려놓는다

지나가던 흰구름 내려와 슬쩍 붉나무 이마 짚어 보고는

괜찮다는 듯 산을 넘어가 버린다

숨어 있는 절

여름 한낮 한껏 부풀어 오른

팔공산 능선 타다

숨어 있는 절 한 채

내려다보여,

하안거夏安居 든 자태

하도 이뻐 보여,

다가가 어깨 툭 쳐 말 걸어 보고 싶어,

취한 듯 홀린 듯

오래 된 경전經典 같은 숲길

더듬어 내려갔다

매화꽃 멀미

가파른 언덕배기마다
우우우 몰려나와 아우성치던 매화
눈 덮인 지리산 흰 머리채 잡아당기더니
냅다 시린 강물에 패대기치며,
제 힘에 겨워 함께 뒹구는
이월의 마지막 날 대낮이렷다

부르르 몸 떨며,
어질어질 꽃멀미 하는,
저 섬진강

아미산 앵기랑바위 소나무의 독백

오백년 전 나는 앵기랑바위 틈에 떨어졌다

천애고아가 된 외로움도 잠시뿐

밤마다 달의 정기와 이슬 받아 마시며

다시 낮이면 햇빛 아래 바람과 놀았다

천길 벼랑 허공으로 조금씩 손 내미는 재미에 열중하다 보니

내 뿌리가 바위를 두 쪽으로 갈라 놓는 줄도 몰랐다

내 새끼는 벼랑에 발붙인 놈 하나 없는데

왜 그때 일연 스님은 '산 위의 산'이라 칭송했는지

아직도 겨우 짐작만 할 수 있는 이 아미산*

이제 귀천歸天의 하늘가에 또 한 채 아미산 꿈꾸는

나는 아미산 앵기랑바위 소나무다

* 경북 군위군 고로면에 있는 산. 『삼국유사』를 저술한 일연 국사의 시에 '높은
산 위에 또 하나의 산이 있다' 하여 아미산峨嵋山으로 불리게 되었다고 함.

장화가 있는 논둑

한나절 가을걷이 끝나고
콤바인도 돌아간 빈 논둑 가
삽 한 자루와 진흙투성이 장화 한 켤레 버려져 있다
상표가 '대신장화'이고,
제조일자가 '2015년 3월'이다
주인이 뻘 속에서 뽑아 올리던
힘의 온기 아직도 남아 있을 것 같다
초저녁 한기 속에 농로에 쪼그려 앉아
장화 속으로 슬쩍 손까지 넣어 본다
가지런히 벗어 놓은 검은 장화 한 켤레 들여다보며
빈센트 반 고흐의 '구두'를 떠올린다
그의 스승 밀레가 즐겨 그린 농부의 '나막신'이 아니라
도시 노동자의 낡은 구두가 왜 먼저 떠오를까
장화 주인은 추수가 끝나고 술에 취해서
벗어 놓은 장화도 챙기지 않고
갈아 신은 운동화 그대로 돌아갔을까
그는 농부가 아니라 도시에서 온
일일 노동자였을지도 모른다

품앗이 나온 노동자의 장화라면
더 가슴 아린 사연이 장화 속에 숨어 있을 것 같아
컴컴한 동굴 같은 장화 속 오래 들여다본다
저문 들판에 버려진
삽 한 자루와 진흙투성이 장화 한 켤레,
아직 상표는 선명하게 보이고
제조일자는 어둠에 지워졌다

연기를 보며

화장터 부근으로 이사 온 뒤부터
내 삶은 자주 낭패한 분위기에 젖는다
산속에 숨어 모습 보이지 않지만
자주 피어오르는 검은 연기,
바람 한 점 없는 날이면
멀리 팔공산을 배경으로 연기는
머뭇거리며 내 집 쪽으로 다가온다
그때마다 담배를 피워 보지만, 눈도 질끈
감아 보지만, 연기는 물러설 줄 모른다
오늘은 저녁놀이 고와서
하늘로 오를수록 연기도 고와지지만
끝내 구름까지는 이르지 못하고
점점 투명해지며 도시로 다시 내려와
무심한 시민들의 머리 위를 떠돈다
내 집은 어디에 있는가, 영혼의 집은 어디에 있는가
하면서, 연기는 네온 불 하나둘 켜지는
낯익은 골목으로 스며든다

목숨이 하나 어디로 물같이 흘러가 버리는* 것이 아니라

연기로 사라졌다

몰래 다시 우리 곁으로 돌아옴을 보여 준다

* 김춘수의 「가을 저녁의 시」에서 따옴.

칠보산 가는 길

연어처럼 물의 길 거슬러 올라간다

폭포 지나,

서로 뿌리 움켜잡고 길을 막는 산죽밭 지나

함박꽃 아래 놓인 징검다리에서

계곡은 나를 버린다

물소리 끊어지자 길은 환한 적막강산 열어

하늘로 올라가고,

칠보는 바위 속에 숨고

다시 구름으로 가려 버린다

마지막 수업

분필을 내려놓고 마지막 인사를 받았다
맑은 눈망울들이 환하게 꽃으로 피어 손을 흔들었다
교실을 나서며 끝까지 평교사였다는 게 한없이 즐거웠다

교장이 되지 않은 게 정말 다행이고
공장장이 되지 않은 게 정말 다행이고
국회의원이 되지 않은 게 정말 정말 다행이다

만약 교장이었다면, 공장장이었다면, 국회의원이었다면
이토록 맑게 살 수 있었을까
이렇게 눈치 보지 않고 꼿꼿하게 살 수 있었을까

남의 지위를 부러워하지 않았고
돈과 여자를 탐내지 않았고
가난한 사람을 내려다보지 않았다

아, 선생이 아니었다면, 아니었다면
마음이 움직이는 대로 살아온
이 살진 자유를 어찌 감당했으랴

내일 아침에는 다시 닻을 감아올리고
은물결 반짝이는 시의 바다로 출항하리라
구름 건너온 먼 북소리만 받아 적으며

풍경을 완독玩讀하다

신상조(문학평론가)

풍경을 완독玩讀하다

신상조(문학평론가)

인류를 연구하기에 적합한 대상이 인간임을 밝힌 사람이 영국의 시인 포프라면, 인간, 그 중에서도 문학인을 대상으로 인류에 대한 연구를 몸소 실행했던 사람은 슈테판 츠바이크다. 그는 『세계의 거장들』이라는 시리즈에서 구체적 인물들을 유형화함으로써 자아라는 소우주로 세계라는 거대한 우주를 일목요연하게 그려 냈다. 특히 카사노바, 스탕달, 톨스토이 이 세 사람을 한데 묶어 예술의 세 층위, 즉 점차 높아지는 예술의 세 단계를 상징화한 그의 작업은 창작된 예술이 창작자의 인생을 스스로 재창조함을 보여 준다.

츠바이크에 따르면 외부의 사실적인 체험과 인생을 스스로 평가하거나 탐구하지 않은 채 거리낌 없이 보고하는 카사노바는 원초적인 단계를 벗어나지 못한 작가다. 이에 비해 자신의 호기심과 욕망의 메커니즘을 스스로 관찰하여 심리 공간에서의 극적 감흥을 찾는 스탕달은 조금 더 진전된 두 번째 단계의 작가라고 할 수 있다. 이어서 그는 예술 최종의 종착지가 스스로 주체이자 객체가 되는 세 번째 단계임을 역설한다. 그는 예술적 진보에 성공한 모델로서 톨스토이를 지목한다. 츠바이크에게 톨스토이의 자기 표현(문학)은 심리적 자기 관찰인 동시에 윤리적이고 종교적인 자기 묘사이다.

비교하자면 이구락 시인은 카사노바도, 스탕달도 아닌 톨스토이 유형에 속한다. 그의 시가 윤리적이고 종교적이라는 말이 아니다. 시집 속에서 감지되는 '내적인 길'을 두고 말함이다. 예술은 결코 끝나지 않지만 방향을 바꾼다는 말이 있듯이, 오늘날의 문학은 의미라든가 가치를 따지는 일 따위를 별로 달가워하지 않는 눈치다. 개인의 내면과 미적 감수성에 대한 신봉은 윤리적 가치 등의 절대화를 제어하고 억압한다. 그렇더라도 시가 시인 스스로의 삶을 보다 분명하게 인식하고 통찰하기 위한 내적 지도일 때, 펼쳐 놓은 한 권의 시집 속에는 작가가 걸어온 내면의 길이 있다. 『꽃댕강나무』에서의 '길'은 이구락 시인이 도달하고자 하는 근원을 상정하게 한다. 또한 바람직한 어떤 것, 보편적이면서도 아름다운 심연에 도달하는 과정을 찬찬히 따라가 볼 수 있게 만든다.

친숙한 대상을 알아보다

풀과 물의 상상력 또는 사라짐의 시학으로 일컬어지는 첫 번째 시집 『서쪽 마을의 불빛』(1986)에서부터 이번 시집 『꽃댕강나무』의 거리는 멀다. '멀다'는 의미가 세월이라는 물리적 거리를 두고 하는 말일 리는 없다. 『서쪽 마을의 불빛』은 축약하면 언어가 기록하는 비극적 실존이다. "포장 술집 '두메'에는 해가 지면 연기가 난다. 도시의 네온 사이 유언비어처럼 스미는 연기, 살이 타고 연한 뼈가 타고 그대의 눈물까지 타고 남는 것은 우리들의 식욕食慾뿐이다."('포장 술집 또는 어둠」)라고 시작하는 서시에서 엿보이다시피, 이 시집이 표상하는 삶은 비극적인 현실 속에서 부유하는 실존의 덧없음이다. 이렇듯 어둡고 슬픈 현실 인식에서 출발한 그의 시는, 자연과 소통함으로써 삶을 정화하고 자기화하려는 『그 해 가을』(2002)을 거치면서 겸허한 자기 비움으로 나아간다. 부박한 현실과 세계와의 불화, 그리고 스승이자 삶을 반영하는 거울로서의 자연 사이에서 그의 시는 점차 자연으로 귀결된다. 현실을 외면하려는 것이 아니라 자연과 소통함으로써 현실의 삶을 정화하려는 욕망의 소산이다. 서정성 짙은 동일성의 시학은 흔히 풍경에 인간의 삶을 적절히 결합함으로써 인생의 단면을 그리기 마련이다. 하지만 이구락의 시는 대상을 대상 자체로 바라보며 손쉬운 유비를 허락하지 않는다. 이는 시마詩魔에 사로잡힌 심정을 바탕으로 친숙한 대상을 '깨달은' 데서 오는 유예다.

그 산중 호수에 가 앉아 있으면
어디선가 물소리 들린다

낙차는 크지 않지만 호수로 떨어지는 물이다

바람이 불어도 물오리가 날아올라도

물소리는 어디론가 숨어 버리지만,

한밤중에 깨어 앉아 책을 읽으면

글자 사이에서 물소리 들린다

호수에서 듣던 바로 그 물소리다

이런 날 밤 시를 쓰면

물소리가 행간에 차올라

시는 한 줄도 써지지 않고

시마詩魔에 씌어 잠들지도 못한다

—「시」전문

아리스토텔레스의 미학에서 '깨달음'은 모르고 있던 사실을 알게 되었다는 뜻이다. 반전 혹은 뒤바뀜은 이 깨달음에 뒤이어 일어난다. 하지만 깨달음은 단순히 그동안 몰랐던 것을 알게 된다는 의미만이 아니라, 친숙한 대상을 '알아본다'는 의미도 지니고 있다(『아리스토텔레스의 시학』, 박정자). 이구락의 시는 후자의 경우로, 전부터 익히 알고 있던 친숙한 대상을 알아보고 거기서 즐거움을 맛보는 '깨달음'으로 충만하다. 시집 2부의 제목 "오래된, 낯선 풍경"에서의 '낯선'은 기실 '알아보다'와 동의어인 것이다.

화자는 한밤중에 깨어 앉아 책을 읽다가, 산중 호수에서 들었던 그 '물소리'를 기억해 낸다. 낙차가 크게 떨어지는 물이 아니어서 물오리 날아오르는 소리에도 지워지고 마는 나지막하고 작은 물소리다. 그것은 이제껏 들어보지 못했거나 갑자기 존재감을 드러낸 낯선 소리가 아니다. 그 소리는 지금까지 친숙했으나 '새삼' 시인의 마음에서 무르익은 말들이 되어 솟구쳐 떨어지려 한다. 그러므로 시에서의 시심은 솟구치는 물소리를 새로운 느낌의 생생함으로 표현하기 위해 단어를 고르며 열심히 고민하고, 따져 보고, 헤아려 보지만 그 어느 것도 적절치 않아서 고뇌하는 심정에 다름 아니다. 이러한 '깨달음'을 거칠게 도식화한다면 다음과 같다. '호수 가까이 앉다→ 물소리를 알아보다→ 돌아와 물소리를 듣다'가 그것이다. 이 과정은 '멀찍이 바라보다→ 가까이 경험하다→ 완전히 하나가 되다'의 과정이기도 하다. 과정의 끝은 대상과의 거리가 소멸되고 대상과 '나'는 존재와 존재로서 결합하고 일체화한다.

시인은 자신의 시작詩作이 "오롯한 말씀"(「절벽」)을 받아 적는 일이라고 고백한다. 이는 이구락 시의 미감이 늘 철학적인 물음과 직결됨을 드러낸다. 풍경이 미학적인 감흥의 원천이자 철학적인 깨달음을 창출하는 대상인 것이다. 때문에 대상과 문자 그대로의 '행복한 동일화'를 이룬 시인은 감각적인 언어의 사용법보다 작품의 '의미'와 관련한 고뇌로 잠 못 이룬다. 시의 화법이 편안하고 안정적인데 반해 시의 내부는 "시마詩魔에 씌어 잠들지" 못하는 내적 치열함으로 들끓는다. 이는 시의 의미가 시의 형질을 자꾸만 간섭하기 때문이다. 시인의 고뇌는 친숙한 대상을 알아보고, 자신의 그 깨달음을 "깊어진 정신"(「절벽」)이나 "날카롭게 벼린 독한 정신"(「박경리 토지문화관」), 혹은 "감질난 것을 감질나지 않게"(「안 보인다」) 형상화하려는 고독한 노력인 것이다.

구도자로서의 시적 주체는 시가 단순하고 평면적인 형태로 귀결되는 것을 용납하지 못한다. 시마詩魔에 씌어 있을수록 "시는 한 줄도 써지지 않고", "종일 글 한 줄 쓰지 못한 이는 아무 말이 없다"(「세설원」). 사유의 대상인 풍경風景은 쉽사리 풍경風景으로 전경화되지 않는다. 쓰기의 과정 속에서 자주 '나'의 내면에 침전된 형태로 머무른다.

잠재적 방랑자가 혼재한 토박이로 말하다

인간은 누구나 세계 내에 '부조리하게 던져진' 존재로, 나그네로서의 삶은 이 세상에 던져진 자의 존재적 증명이기도 하다. 그렇더라도 방랑자와 토박이를 구분하는 기준은 일차적으로 공간이다. 발터 벤야민은 이리저리 옮겨 다니며 장사를 하는 선원과 고향에 눌러 앉아 자기 고향의 얘기와 전설을 잘 알고 있는 농부를 예로써 '이야기꾼'의 유형을 나누기도 한다. 자아와 사회와의 '거리'를 기준으로 한 스톤퀴스토와 휴

스의 '경계인' 또한 저러한 범주에 속한다. '주변인'으로도 불리는 이들 경계인은 위치해 있는 세계 내에 속하지 못한 채 이방인으로 살고 있는 사람들이다. 공간과 체제를 기준으로 방랑과 정착 혹은 유목과 정주를 구분하는 이들과 달리, 짐멜과 슈츠는 이방인을 '잠재적 방랑자'로 정의한다. 오늘 왔다가 내일 떠나가는 의미에서의 방랑자라기보다는 오늘 왔다가 내일도 머물 그런 사람으로서의 이 이방인은 소위 잠재적인 방랑자이다.

지금 당장 떠나려고 하지는 않을지라도 오가는 자유의 유혹을 여전히 떨쳐 버리지 못한 자, 심지어 한 특정 공간에 정주하면서 어떤 집단 내에 위치 지어져 있기까지 한 이 잠재적 방랑자를 우리는 이구락의 시에서 만날 수 있다. 아이러니하게도 그의 시적 화자는 잠재적 방랑자로서의 면모를 거느린 한편, 고향에 눌러 앉은 이야기꾼으로서의 양가적인 태도를 가진다. 그런데 전자가 은밀한 '누설'의 형태를 띤다면 후자는 보다 적극적으로 표현된다.

죽은 몰운대 소나무 보기 위해
구름 뚫고 와, 구름에 머리 박고 있는 몰운대 오른다
죽은 몰운대 소나무에 기대앉아
온몸으로 지그시 소나무를 밀어 본다
종아리에 힘이 빠질 때쯤이면 등이 따뜻해진다

떡갈나무 한 그루엔 잎이 십만 장이나 매달린다고 하는데

죽은 몰운대 소나무 속에는 천둥과 벼락 몇십만 장이

우르르 몰려들어 들끓고 있다가

내 등을 데우고 서서히 자신의 죽은 몸도 데운다

언젠가는 온전히 썩어 속까지 텅 비우고 나면

몰운대 소나무는 한순간, 등 뒤에서 나를 껴안고

천 길 벼랑으로 뛰어내려

허공에다 제 무덤을 쓸지 모른다

종아리에 힘이 빠질 때면 아니 등이 따뜻해질 때면

불현듯 솟구치는 생각이다

마침내 몰운대 소나무의 육탈이 완성되는 날

나도 오래 머뭇거리는 구름 속에서, 뭉친 근육도

질긴 힘줄도 놓아 버리고 풍장되리라

그때쯤이면, 왜 죽어서도 몰운대 소나무는

나를 놓아 주지 않았는지 알게 되리라

일생을 지켜온 정신의 중심이 하얗게 가루 되어 날리면

아침마다 온 산의 푸른 솔잎들 빗질하고 싶다

몰운대 솔숲 새소리 들으며

허공의 무덤 속에서 오래 잠들고 싶다

— 「허공의 무덤」 부분

이구락의 시에서 마음은 "길 위에서 영원히 잠들기 위해"(「풍

경하다」) 길을 나서거나, "세상 밖으로 가물가물 흘러"(「도덕암의 서쪽」)가기 일쑤다. 사회인으로서 그의 일상이 비록 곤건할지라도, "신나무 삶아/ 잿빛 승복 한 벌 해 입고/ 길 나서고 싶었던 그 해 가을"(「신나무의 추억」)의 '신열'이 식지 않는 한, 그는 언제까지나 잠재적 이방인일 수밖에 없다.

세계와 자신을 왜소하게 인식하는 자각은 잠재적 이방인으로서의 자연스러운 현상이다. 그가 세계와 자신에 대해 결국 깨달은 것은, 이 모두가 비록 엄청난 외양을 띠고 있다 해도 보잘것없다는 사실이다. 이러한 잠재적 이방인으로서의 자각은, 육체를 지닌 인간 운명에 대한 연민과 결합함으로써 인용한 「허공의 무덤」처럼 비극적이면서도 숭고한 풍경으로 형상화된다. 잠재적 이방인이 희구하는 삶은 몰운대 소나무 숲 정상에 선 그 '벼락 맞은 고사목'처럼 허공에 자신의 무덤을 쓰는 일이다. 근육과 힘줄을 가졌으나 한시적인 존재일 따름임을 자각한 그는, "바람에 씻겨 육탈이 완성되는 날"을 미래가 아닌 현재의 삶 속에서 목하 실현 중에 있는 것이다.

그러나 방랑자 의식과 토박이 의식이 혼재된 이구락의 시는 다음과 같이 전혀 다른 형태로도 드러난다.

반야월로 이사 오기 전에는
시내에서 금호강 건너면 반야월이 있었다
주말이면 동해안으로 가기 위해

자주 반야월을 지나가기도 했다

이사 와서 보니 반야월은 상징이 되어

간판으로만 펄럭이고

사람들은 모두 안심동 주민으로 살아가고 있다

반야월종합시장 반야월역 대구은행반야월지점 간판은

보이는데, 아 내가 살 반야월이 없다

(…)

우리나라에서 가장 어여쁜 땅이름, 반야월

이제 세상에서 누구도 밟고 다닐 수 없는, 반야월

아, 나는 반야월에 산다

　　　　　　　　　　　　　　—「아, 나는 반야월에 산다」부분

"아 내가 살 반야월이 없다"는 탄식 끝에 "아, 나는 반야월에 산다"라고 고백한다. 이러한 역설은 시인이 사랑하는 반야월의 성격을 반증한다. "택시를 타도 꼭, 반야월로 넘어갑시다고 한다"는 시인의 '반야월 사랑'은 '半夜月'이라는 지명의 아름다움에 매혹당한 때문이다. 애초부터 반야월이라는 이름은 효용성으로서의 가치가 아닌 정서와 결부된 지명이다.

그는 "닷새마다 장이 서는 반야월 노천시장/ 허리 굽은 할머니가 땅바닥에 펼쳐 놓은 좌판/ 푸성귀 옆에, 어울리지 않게, 목단꽃 다발, 놓여 있"(「목단꽃처럼,」)어서, 그 꽃을 사와 오지 항아리에 풍성하게 꽂아 두고 구경하는 낙이 무엇보다 소중하다. "대구의 동쪽 끝 경산우방아파트상가 2층"에 위치한 작고 평범한 병원, 그 '보민치과'의 의사와 간호사가 얼마나 친절하고 정성스러운지를 자랑하는 목소리는 "철딱서니 없는 어린애처럼 즐"(「보민치과」)겁기만 하다. 가수 김광석을 추억하며 방천시장을 노래한 아홉 편의 연작시는 또 어떠한가. 방천시장의 두 번째 골목이 생뚱맞게도 '갈매기 길'인 이유가 "이 골목 길바닥과 전봇대에 일이 미터 간격으로"(「갈매기골목-방천연가 3」) 노란 갈매기가 그려져 있기 때문이고, 갈매기를 그린 화가의 고향이 남쪽바다 작은 포구이며, 방천시장에 있는 "선술집 '바라지'의 초저녁 중에는 젊은 여자들이 많다"(「전화가 간절할수록 고요는 더 깊어진다-방천연가 6」)는 것, 그곳 "선술집의 젊은 사장"(「선술집 바라지의 젊은 사장은-방천연가 4」)이 전화로 아가씨에게 수작 거는 모습이 결코 밉지 않다는 사실 등을 우리는 이구락의 시를 통해 생생하게 확인할 수 있다. 이렇듯 보편적인 토박이 의식으로 일상을 재현하는 이구락의 시는 독자들에게 동조와 감동을 이끌어 내기에 충분하다.

풍경風聲을 풍경諷經하다

현실적인 삶의 터전 그 밑바닥에 깔린 방랑자 의식은, 외부를 향하는 길이 실상 자신의 내면으로 수렴되는 길임을 잘 알고 있다. 해서 풍경의 경經을 받아 적기 위해 시인은 날마다

길을 나서는 자로 살아간다. 인용할 시 「풍경하다」는 자연을
지향함으로써 삶의 목적을 구체화하려는 『꽃댕강나무』의 특
징을 집약해서 보여 준다.

다시 먼 길 나서며 주위를 둘러본다
어쩌면 늘 되풀이되는 풍경風景이지만
세상에는 어제와 똑같은 풍경은 다시 없다
풍경이 이마에 풍경風聲을 달고 앞장서면
나는 늘 풍경諷經하는 구도자가 될 수밖에 없다

더 유심히 바라보고 싶은 안욕眼慾이
내 마음에 풍경을 달게 하고,
길 위에서 영원히 잠들기 위해
결국 기차를 타게 한다
기차는 기적 대신 풍경 소리 울리며
천천히 산모롱이 돌아나가며 선잠을 깨운다
인간의 마을 기웃거리며
강을 건너, 광야를 지나
먼 은하계까지 날아오르는
나의 기차는 자주 길 위에서 잠들고
다시 오래 꿈꾸며 풍경할 것이다

—「풍경하다」부분

서정시가 근대 기계 문명의 집약판인 도시를 지양하고 자연과 전원을 노래함은, 문명의 위기 속에서도 인간 본성을 망각하지 않으려는 노력이다. 이구락의 『꽃댕강나무』는 일상화한 풍경 속을 천천히 '걷는' 과정을 통해 반기계 문명의 길을 모색한다. 풍경은 "오래된 경전 같은"(「숨어 있는 절」) 것이기에, 풍경 속을 걷는 시인은 과연 '구도'의 길을 걷는 자이다. 우리는 『꽃댕강나무』의 구도자가 걸어가는 길을 두 가지 방향에서 해석해야 한다. 하나는 아름다움과 감성이 겹치는 미학적인 길이라는 것이요, 다른 하나는 이 길이 주관적 내면성과 맞물린다는 것이다. 요컨대 세상을 '오래된, 낯선 풍경'으로 '발견'하며 걸어가는 이구락의 시는 내적인 아름다움으로 용해된 따뜻하면서도 예리한 '길의 미학'을 보여 준다. 시인은 풍경에 아름다움과 신성함을 덧씌우지도, 유유자적의 표상으로 치장하지도 않는다. 다만 "세상에는 어제와 똑같은 풍경은 다시 없"기에 "나는 늘 풍경諷經하는 구도자가 될 수밖에 없다"라고 고백한다.

이구락의 시는 섬세한 부드러움을 특징으로 한다. 대부분의 시들은 정적인 풍경을 소재로 하고 있고, 그것을 눈여겨보는 시인의 감성은 투명하고도 단아하다. '풍경風景을 풍경諷經하는'(「풍경하다」) 그의 시는 덧붙이거나 모자란 부분이 없이 잘 정제된 모습으로 인간적인 이해와 공감을 불러일으킨다. 섬세하고도 간결한 언어가 그의 높은 심미안을 나타낸다면,

나지막하면서도 단단한 어조는 시인의 지나칠 정도로 결벽하고 신중하다고 알려진 기질에서 비롯하는 걸로 여겨진다.

'오래된, 낯선 풍경'(「오래된, 낯선 풍경」)은 골똘히 들여다볼수록 불가해하다. 풍경이 불러 주는 경전에 겸허한 자세로 귀 기울였으나, 그것을 해독하는 일이 그리 녹록치 않았음을 적어내려 간 시편들이 동봉된 『꽃댕강나무』가 우리에게 배달되었다. 투명하고도 단아한 형태로 표기된 '풍경諷經의 언어'이다.

이구락 시인

경북 의성에서 태어나 1979년『현대문학』을 통해 등단했으며,《형상》
시 동인으로 활동했다. 경북대학교 국문학과를 졸업하고, 대구가톨릭
대학교 국문학과 박사과정을 수료했다. 대구가톨릭대학교 강사, 대륜
고등학교 교사, 대구시인협회 회장 등을 역임했다. 시집으로『서쪽 마
을의 불빛』,『그 해 가을』이 있으며, 시선집으로『와선』, 퇴임 기념 문집
으로『길 위의 시간들』등을 출간했다. 대구시인협회상과 대구시문화상
(문학)을 수상했다.

이메일 kkrr-lee@hanmail.net

꽃댕강나무

이구락 시집

초판 1쇄 2017년 10월 30일

지은이 · 이구락
펴낸이 · 김종해
펴낸곳 · 문학세계사

주소 · 서울시 마포구 신수로 59-1(04087)
대표전화 · 02-702-1800   팩시밀리 · 02-702-0084
이메일 · mail@msp21.co.kr
홈페이지 · www.msp21.co.kr
페이스북 · www.facebook.com/munsebooks
출판등록 · 제21-108호(1979.5.16)

값 10,000원
ISBN 978-89-7075-865-7 03810
ⓒ 이구락, 2017

이 도서의 국립중앙도서관 출판예정도서목록(CIP)은 서지정보유통지원시스템 홈페이지
(http://seoji.nl.go.kr)와 국가자료공동목록시스템(http://www.nl.go.kr/kolisnet)에서 이용하
실 수 있습니다.(CIP제어번호 : CIP2017026635)

이 시집은 2017 대구문화재단 개인예술가창작지원(문학)으로 출간되었습니다.